Sohreya - Sabine Knoll

Reisen ins Licht

Geschichten aus anderen Welten

Sohreya – Sabine Knoll wurde 1966 in Österreich geboren und entdeckte früh ihre Liebe zum Schreiben. Als Jugendliche erhielt sie für ihre Lyrik und Kurzprosa einige Jugendliteraturpreise. Beruflich schlug sie die Laufbahn einer Kulturjournalistin ein, schrieb für verschiedene Printmedien, Radio und Fernsehen.

1999 nahm ihr Leben durch die Begegnung mit dem Kernschamanismus eine neue Wendung. Die Auseinandersetzung mit Energiearbeit und Bewusstseinserweiterung folgten. Journalistisch entstanden fortan vor allem Beiträge, Artikel und Bücher über ganzheitliche Gesundheit. Die ersten spirituellen Texte wurden veröffentlicht: *„Reisen ins Licht – Geschichten aus anderen Welten", „Sohreya's Herzensbriefe – Für alle Wochen des Jahres", „Wie eine Welle im Ozean – Eine spirituelle Liebesgeschichte".*

Sohreya hält Seminare wie *„Schreiben aus dem Herzen"* und begleitet Menschen (vorwiegend Hochsensitive Personen – HSP) – in der Einzelarbeit ebenso wie in Gruppen – auf ihrem Seelenweg.

Nähere Infos: *www.sohreya.net*

Herzlichen Dank

allen guten Geistern in der geistigen Welt

und der irdischen Realität!

Impressum

Bibliografische Information der Deutschen Nationalbibliothek: Die Deutsche Nationalbibliothek verzeichnet diese Publikation in der Deutschen Nationalbibliografie; detaillierte bibliografische Daten sind im Internet über http://dnb.d-nb.de abrufbar.

© 2015 Sohreya – Sabine Knoll (Überarbeitete Neuauflage)

Erstauflage: SSE (SOLARIS Spirituelle Edition), 2004

Umschlagbild: Sohreya – Sabine Knoll
Portraitfoto Sabine Knoll: Gerhard Peyrer

Alle Rechte, auch das des auszugsweisen Nachdrucks, der auszugsweisen oder vollständigen Wiedergabe, der Speicherung in Datenverarbeitungsanlagen und der Übersetzung vorbehalten.

Herstellung und Verlag: BoD - Books on Demand, Norderstedt
ISBN: 9783739217666

Inhaltsverzeichnis   Seite

Vorwort	8
Reise zum Granit: Der Zauberer und die Kristalle	11
Reise zum Bergkristall: Ianuk und der Regenbogen	16
Reise zum Amethyst: Lisas Reise	19
Reise zum Zitrin: Licht und Dunkel	24
Reise zum Rosenquarz: Die Welt der Zweiheit	30
Reise zum roten Jaspis: Arianas Einweihung	33
Reise zum Landschaftsjaspis: Der Mann und der Beduine	37
Reise zum Bernstein rund: Leben im Hier und Jetzt	40
Reise zum Karneol-Achat: Herzen aus Licht	42
Reise zum runden Schamanenstein: Die Erschaffung der Welt	43
Reise zum flachen Schamanenstein: Der Sieg des Lichts	45
Reise zum Malachit: Die Hexe und der Inquisitor	47
Reise zum Goldfluss: Die Erneuerung der Welt	50
Reise zum Blaufluss: Die Wiedergeburt des Lichts	53

Reise zur Kristall-Kugel: Das Mädchen und die Liebe	55
Reise zum Blutstein: Der Spiegelsee	57
Reise zum Bernstein eckig: Werden und Vergehen	60
Reise zum Aventurin: Der Tod in ein neues Leben	62
Reise zum Spiralen-Ammonit: Das Geheimnis der Verwandlung	65
Reise zum Achat: Tage der Reinigung	67
Reise zum Tigerauge: Der Flug des Bussards	68
Reise zum Türkis: Die Reise des Tautropfens	70
Reise zum Opal: Vertrauen und Liebe	73
Reise zum Rauchquarz: Die Liebe	75
Reise zum Sodalith: Der Kampf der Mächte	77
Reise zum Mondstein: Verbundenheit	78
Reise zum Lapislazuli: Alaias Offenbarung	80
Reise zur Amethyst-Druse: Einzigart	82
Reise zum Pyrit: Bestimmung	84

Reise zum Obsidian: Der Engel der Liebe	86
Reise zur Tigermuschel: Die Sehnsucht des Herzens	88
Reise zum Spiralstein: Liebe öffnet die Herzen	90
Reise zum Rauchquarz 2: Das Land der Sehnsucht	91
Reise zur Schwanenfeder: Der Blick auf die Welt	93
Reise zur großen Muschel: Du	95
Reise zur Rose: Der Lauf der Dinge	96
Reise zum Mandala: Der Tag der Liebe	97
Reise zum Heilungs-Stein: Die weise Alte	98
Reise zur Kristall-Pyramide: Der Schwan, der sein Strahlen nicht wahrnahm	100
Reise zum Flieder: Die neue Zeit bricht an	102

Vorwort

Es begann mit einem Seminar im Sommer 1999, dem Jahr, das zum Wendepunkt für mich werden sollte. Seither ist alles anders geworden. Ich bin ganz auf meinen Weg gekommen. Das Seminar hielt Felix Mindt, auch bekannt als Autor unter dem Pseudonym Felix Paturi, Wissenschaftsjournalist und Schamane aus Deutschland. Ein Initiationserlebnis für mich. Zwölf Stunden täglich lernten wir eine intensive Woche lang im Waldviertel Niederösterreichs schamanische Arbeit kennen, fühlen und selbst ausführen.

Felix Mindt-Paturi kommt aus der Richtung des Kernschamanismus, der vom Anthropologen Michael Harner aus Amerika entwickelt wurde. Dieser stellte fest, dass die schamanischen Kulturen, unabhängig von äußeren sehr verschiedenen Ritualen, einen gemeinsamen Kern haben, der sich auch westlichen Menschen leicht vermitteln lässt. Dabei werden die Trommel und die Rassel als akustische Hilfsmittel zur Trance-Induktion eingesetzt. Die Hirnströme gehen in Resonanz mit dem Trommelrhythmus, das Wachbewusstsein darf sich verabschieden. Trotzdem bleibt man handlungsfähig. Die schamanische Trance beim schamanischen Reisen ist eine Wachtrance, ein erweiterter Bewusstseinszustand.

Schon am Seminar stellte sich heraus: Mein Weg ist, das Schreiben und Schamanismus zu verbinden. Schon damals war der Titel „Schreiben in Trance" für meine künftigen Seminare und „Reisen ins Licht" für meine

Trance-Geschichten da. Nur die Geschichten fehlten noch und das Konzept für das Seminar.

Ich bekam die erste Botschaft auf einer schamanischen Reise: „Alles erzählt eine Geschichte". Neugierig, wie ich war, fragte ich einen kleinen Granitstein aus dem Waldviertel nach seiner Geschichte. Dabei entstand „Der Zauberer und die Kristalle". 39 weitere Trance-Reisen folgten – das Ergebnis liegt jetzt in Buchform vor, worüber ich mich sehr freue.

Immer mehr Freundinnen wollten wissen: Funktioniert das bei mir auch? – Es funktionierte. So entstand „Schreiben in Trance – Schamanisches Schreiben", das Seminar für all jene, die ihre eigenen Geschichten finden wollten und Lust auf Selbsterfahrung hatten. Mittlerweile heißt es „Schreiben aus dem Herzen" und verbindet auch Herzensmeditationen mit dem Schreiben. Denn: Alles erzählt eine Geschichte – wenn wir bereit sind, sie zu hören! Und: Deine Weisheit ist in Dir, in Deinem Inneren, Deinem Herzen!

Danke, Felix Mindt-Paturi, für all Deine Hilfe und Unterstützung. Danke, all den HelferInnen in der geistigen und der irdischen Welt, die dieses Buch möglich gemacht haben.

Sohreya – Sabine Knoll

Reise zum Granit: Der Zauberer und die Kristalle

Es war einmal, vor nicht allzu langer Zeit, in einer Welt, die weder Gut noch Böse kennt, ein Zauberer. Jeden Tag setzte er sich zu seinem funkelnden Kristall und bat um neue Einsichten. Eines Tages sagte der Kristall zu ihm: „Geh hinaus in den Wald und suche die Seelen der Sterne!" Der Zauberer war verwirrt und wusste nicht, wie er das anstellen sollte, doch er tat, was ihm geheißen war. Im Wald beggnete er einem Fuchs. Der Zauberer fragte ihn: „Kannst du mir sagen, wo ich die Seelen der Sterne finde?" Der Fuchs antwortete ihm: „Geh' hinauf in das Reich der Stimmen, dort findest du sie."

Der Zauberer hatte wohl schon gehört vom geheimnisvollen Reich der Stimmen, doch der Weg dorthin war ihm verborgen. Er führte durch das verlorene Land. Verzagt machte sich der Zauberer auf, nicht wissend, ob er je von seiner Reise zurückkehren würde. „Komm' mit mir!", rief ihn da eine Stimme über seinem Kopf. Eine Elster mit langen im Dunkeln leuchtenden Schwanzfedern saß auf dem Ast eines Baumes über ihm. Sie breitete ihre Flügel aus, ließ den Zauberer auf ihren Rücken gleiten und trug ihn über ein weites Land mit Bergen, Wäldern, Flüssen und Seen. Erst am Ende des Horizonts setzte sie ihn ab und sagte: „Von hier an musst du deinen Weg allein fortsetzen. Ich wünsche dir alles Gute!"

Der Zauberer stand am Eingang des verlorenen Landes. Dunkel lag der Weg vor ihm und verlor sich im Unterholz.

Kein Laut regte sich und kein Sonnenstrahl drang durch die Wipfel des dichten Waldes. „Komm!", hörte er da wieder eine Stimme in seinem Inneren. Nichts und niemand war weit und breit zu sehen. Also fasste sich der Zauberer ein Herz und machte sich auf den Weg in den Wald. Schon nach wenigen Metern hatten seine Augen sich an die Dunkelheit gewöhnt und er sah links von sich eine Lichtung, die ihn magisch anzog. Nebelgleiche Sonnenstrahlen bahnten sich ihren Weg durch die Baumkronen und schienen ihm den Weg zu weisen.

Auf der Lichtung sah der Zauberer ein kleines Haus aus Holzplanken. Er ging näher. Nichts rührte sich. Das Haus lag verlassen da. „Ist da jemand?", rief der Zauberer und versuchte, das Zittern seiner Stimme zu beherrschen. Er bekam keine Antwort. In der Ferne schrie ein Vogel. Wie von einer unsichtbaren Macht geleitet, stieg der Zauberer die drei Stufen zur Veranda des Hauses empor und klopfte an die Tür. Mit leisem Quietschen gab sie nach und öffnete sich.

Im Inneren des Hauses, mitten in der Stube, entdeckte der Zauberer einen Tisch und einen Sessel. Auf dem Tisch lag aufgeschlagen ein Buch. „Sei willkommen!", las er, als sein Blick auf die erste Seite fiel. Ein heißer Blitz durchzuckte ihn, denn der Zauberer wusste, diese Botschaft war für ihn gedacht. Er wurde erwartet. „Setz' dich", las er weiter, „und sieh, was wir dir als Aufgabe zugedacht haben." Der Zauberer atmete einmal tief durch und las weiter.

„Wie jeder Mensch und alles, was lebt, hat auch jeder Stern eine Seele. Du kannst sie nachts am Himmel strahlen sehen. Manchmal fällt eine Sternenseele vom Firmament, ihr nennt das Sternschnuppe, dann steht die Zeit für einen Atemzug still und Frieden senkt sich über das Land. Jeder Stern, dessen Seele vom Himmel stürzt, schenkt sein Leuchten jenen, die es am notwendigsten brauchen. Es zählt zu den Gesetzen der Natur, dass genau diese Menschen im rechten Augenblick das Leuchten einfangen. Es verwandelt sich in eine zauberhafte Kraft, die alle Wünsche in Erfüllung gehen lässt. Nur manchmal, wenn ein Mensch sich dem Zauber entzieht, weil er nicht mehr an die Macht des Wünschens glaubt, fallen die Seelen der Sterne ins Leere. Sie bleiben auf der Erde liegen, werden zu funkelnden Steinen und Kristallen und warten auf Menschen, die ihr Geschenk zu würdigen wissen. Geh also hinaus in den Wald und suche die Seelen der Sterne! Wenn du sie gefunden hast, bring sie mit. Ihr Leuchten enthält eine Botschaft für dich!"

Nachdem er das gelesen hatte, erhob sich der Zauberer, verließ das Haus und ging in den Wald. „Horch", flüsterte da eine Stimme. „Der Weg durch das verlorene Land ist hier zu Ende. Folge der Stimme in dir. Sie wird dir die Richtung weisen." Der Zauberer verabschiedete sich vom Wald des verlorenen Landes und hörte angestrengt in sich hinein. Doch statt einer Antwort fanden seine Augen einen funkelnden Kristall auf dem Weg. Orangerot wie Feuer leuchtete sein Inneres, als würde ein Herz aus Licht in ihm pulsieren. „Du bist auf deinem Weg, nimm das als Zeichen", hörte er da wieder die Stimme. Und mit einem Mal wusste er, dass er die erste Sternenseele gefunden hatte.

Ein warmes Glücksgefühl durchströmte ihn und zog ihn weiter. Der Kristall in seiner Hand pulsierte und strahlte und erhellte ihm den Weg. Und als sein Blick sich schärfte, entdeckte der Zauberer ein Funkeln und Strahlen wie von tausend Lichtern. Da erkannte er, dass zu seinen Füßen Kristalle in allen Farben ihr Leuchten in die Nacht schickten, allesamt Seelen gefallener Sterne. Und der Zauberer sammelte sie ein, Stück für Stück, verwahrte sie sorgfältig in seiner Tasche und spürte, wie ihn die warme Kraft des Universums langsam einhüllte.

Als er alle Kristalle eingesammelt hatte, hörte er wieder die Stimme in sich: „Gut gemacht. Nun ruh dich aus. Denn das ist erst der Beginn deiner Reise. Jeder Kristall erzählt dir eine Geschichte. Schreib sie auf und sammle sie ein, wie du diese Steine eingesammelt hast. Und dann schenke die Geschichten jenen, für die sie bestimmt waren. So kannst du die Seelen der Sterne doch noch zu den Menschen bringen, die ihre Kraft am nötigsten brauchen. Und jede Geschichte wird ein Herz öffnen und es an die Macht des Wünschens erinnern."

Der Zauberer ließ sich auf ein Bett aus Moos sinken und fiel in einen langen Schlaf. Im Traum durchwanderte er unzählige Dimensionen und Welten, und auf dem Strahl seiner Gedanken konnte er sich in Sekundenbruchteilen durch die unendlichen Weiten seiner inneren Landschaften bewegen. Als er wieder erwachte, war der Zauberer gestärkt und voller

Lebenskraft. Er nahm den ersten Kristall aus seiner Tasche und bat ihn, seine Geschichte zu erzählen.

Reise zum Bergkristall: Ianuk und der Regenbogen

Es war einmal ein Regenbogen, der spannte sich zwischen Himmel und Erde und verband die Welten. Eines Tages, als die Menschheit übermütig wurde und vergaß, wer sie geschaffen hatte, schloss sich das Tor zum Himmel.

„Warum existiert der Regenbogen weiter, obwohl ich auf ihm nicht mehr in den Himmel gelangen kann?", fragte Ianuk, der Junge. „Weil eines Tages wieder Menschen auf der Erde leben werden, die sich erinnern und bereuen", erhielt er zur Antwort von einem Fuchs, der seinen Weg kreuzte. „Wann wird das sein?", fragte Ianuk weiter. „Wenn die Pforten zwischen den Welten wieder durchlässiger werden, in tausenden und abertausenden von Jahren", sagte der Fuchs. So weit reichte das Vorstellungsvermögen von Ianuk nicht, also legte er sich hin, um zu träumen.

Im Traum zog eine weite Landschaft aus grauem Stein an ihm vorüber, darauf türmten sich Paläste aus Glas und Metall, die funkelten im Sonnenlicht. In den Schluchten zwischen den Palästen schoben sich blitzende bunte Metallgefäße auf vier Rädern vorwärts und Menschen in dunklen Stoffen, die ihre Körper eng umspielten, hasteten voran.

„Das sollen die Menschen sein, die sich erinnern?", fragte Ianuk ungläubig. „Nein, ihre Brüder und Schwestern in den grünen Tälern werden zuerst den Schlüssel finden", hörte er eine unsichtbare Stimme. „Doch sie werden auch jene in den Städten erreichen und zur Umkehr bewegen, wenn die Zeit gekommen ist."

Ein Sonnenstrahl bahnte sich seinen Weg zu Ianuk und kitzelte ihn an der Nase. „Höre, Ianuk", sprach wieder die Stimme, „so wie du wird es immer die Reinen im Geiste geben, die den Weg zwischen den Welten finden, zu allen Zeiten. Aber wenn die Regenbogentore sich wieder öffnen und die Regenbogenmenschen wieder Gestalt annehmen, brechen neue Zeiten an. Sei gewiss, es werden strahlende Zeiten sein, ohne Leid und Krieg, Zeiten des Friedens und der Liebe. Doch bis dahin werden noch viele Tage und Erfahrungen nötig sein, um den Menschen wieder zu läutern. Denn sein Herz ist unnahbar geworden."

Ianuk wurde traurig und sank noch tiefer in seinen Schlaf. Jahrtausende vergingen und Ianuk schlief und träumte. Als er am Beginn des zehntausendsten Jahres wieder erwachte, spürte er ein leises Vibrieren und Prickeln in der Luft. Die Morgensonne flimmerte und über dem aufsteigenden Tau der Wiese bildete sich ein Regenbogen. „Komm, Ianuk", vernahm der Junge eine Stimme. Eine Hand streckte sich durch die Wolken ihm entgegen. Ianuk setzte vorsichtig einen Fuß auf den Regenbogen. Schritt für Schritt tastete er sich höher, direkt dem Himmel entgegen.

„Der neue Morgen ist angebrochen", schallte eine Stimme aus der aufgerissenen Wolkendecke, „denn siehe, die Tore zu den anderen Welten öffnen sich wieder. Zieh hinaus zu den Menschen und erzähle es allen: Die neue Zeit beginnt!" Ianuk beeilte sich, wieder vom Regenbogen ins Tal zu gelangen. Er lief, so schnell ihn seine Füße trugen, ins nächste Dorf. „Die neue Zeit bricht an!", rief er laut. Verwundert wendeten die Menschen ihre Blicke. Doch sie verstanden ihn nicht. Nur ein alter Einsiedler am Ende des Dorfes hörte das Rufen und erschrak. „So ist meine Zeit gekommen zu gehen", sagte er. „Dies ist der Tag, auf den ich gewartet habe, der Tag des neuen Morgens. Jetzt werden die Menschen wieder erwachen und ein neues Bewusstsein wird ihnen den Weg weisen." Er drehte sich um und ging schnurstracks auf den Regenbogen zu, der noch immer am Horizont stand, und verschwand schließlich in den Wolken.

Ianuk erfüllte plötzlich ein warmes Gefühl der Liebe und des Friedens. Die Bäume um ihn strahlten, als hätten auch sie auf diesen Tag gewartet, und leise hob ein Summen und Tönen an, das die Luft erfüllte wie aus tausend sphärischen Kehlen.

Ianuk ließ sich glücklich im Schatten eines Baumes zu Boden sinken. Er spürte, sein Ruf hallte um die Welt und erfasste alle, die ihre feinen Sinne geschärft hatten und mit dem Herzen hörten. Einem inneren Impuls folgend ging auch er wieder auf den Regenbogen zu und wanderte den Wolken entgegen, hinein in ein gleißendes Licht aus Glückseligkeit. Und dort wartet er auf all jene, die es ihm gleichtun.

Reise zum Amethyst: Lisas Reise

Es war einmal vor nicht allzu langer Zeit ein Mädchen, ihr Name war Lisa. Sie lebte in einem Haus am Waldrand, davor lag eine große Lichtung mit einer Wiese aus sattem Grün. Eines Tages kam Lisa von der Schule nach Hause und fand das Haus leer. Ihre Mutter war wohl ausgegangen.

Lisa legte sich unter ihrem Lieblingsbaum – einem Apfelbaum – ins Gras und begann zu träumen: Es war einmal ein Mädchen Lisa, das lag unter einem Apfelbaum. Plötzlich tat sich die Erde auf und Stufen führten hinab in ihr Inneres. Lisa folgte ihnen in die Erde hinein. Tiefer und tiefer führten sie in den Spalt inmitten der Dunkelheit, wie ein Tunnel in ein Bergwerk. Lisa lief immer schneller und glaubte schon zu fliegen, als sie am Ende des Tunnels ein fernes helles Licht leuchten sah. Es kam näher und näher, als Lisa sich darauf zubewegte, und der Tunnel endete auf einer Lichtung, fast so wie über der Erde in Lisas Zuhause.

Am Waldrand saß ein Hase und beobachtete das Mädchen aufmerksam. Am Horizont hoppelte sein Bruder vorbei und als Lisa sich umschaute, sah sie den Spiegel eines dritten Hasen, der gerade im Wald verschwand.

„Wo bin ich hier?", fragte Lisa den Hasen auf der Lichtung. „Im Wunderland", antwortete der Hase. „Oh nein", rief Lisa, „ich bin doch nicht Alice aus meinem Märchenbuch!" – „Das spielt keine Rolle", entgegnete der Hase, „das Wunderland ist für alle da und jeder erschafft es sich neu." Da war Lisa beruhigt und gleichzeitig ein wenig gespannt, was auf sie zukommen würde.

„Hast du Lust, mich zu begleiten?", fragte der Hase. – „Ja, sehr", sagte Lisa und der Hase hoppelte am Waldesrand entlang. Plötzlich sah Lisa einen kleinen Weg, der durch das Unterholz führte, direkt in den Wald hinein. Die Sonne schien zwischen den Kronen der Bäume hindurch und beleuchtete mit ihren fächerförmigen Strahlen den Weg. Lisa folgte dem Hasen, der zielstrebig auf einen großen Stein zuhoppelte.

„Warte hier", sagte er zu Lisa und verschwand im Wald. Lisa schaute sich um. Keine Menschenseele war zu sehen. Von fern hörte sie einen Specht klopfen, sonst war alles ruhig. Nur hie und da zwitscherte ein Vogel, als wolle er sie begrüßen.

Lisa machte es sich auf dem Stein bequem und ließ ihren Blick in den Himmel wandern. Das Blau des Himmels war eingerahmt durch die Wipfel der Bäume rund um sie. Manchmal war es Lisa, als würde sie aus dem Augenwinkel neugierige Gesichter wahrnehmen, die sie beobachteten, doch als sie den Kopf wandte, war alles so regungslos wie vorher. Der Wind raschelte in den Blättern und hie und da verdunkelte eine Wolke die Sonne.

Lisa saß schon eine ganze Weile auf ihrem Stein, als der Hase schließlich zurückkam. An seiner Seite war ein Wesen, kaum größer als er, mit stämmigen kurzen

Beinen und Armen und einem rundlichen freundlichen Gesicht. „Ich bin Atun, der Herr der Elfen und Zwerge. Sei willkommen in meinem Reich!" Lisa senkte den Kopf und Atun sprach weiter: „In meinem Reich sind die Gesetze eurer Welt aufgehoben. Zeit und Raum existieren nicht. Wo immer du dich hinwünschst, wirst du im nächsten Augenblick sein."

Lisa sah Atun mit großen Augen an. „Heißt das, wenn ich mich an einen Meeresstrand wünsche, werde ich da sein?" – „Ganz genau", erwiderte Atun. Lisa schloss die Augen und dachte an den Strand, auf dem sie in ihrem letzten Urlaub am Meer so gerne gesessen war. Plötzlich hörte sie das Rauschen der Wellen, das Schreien der Möwen und schmeckte das Salz auf den Lippen. Als sie die Augen öffnete, traute sie ihnen kaum. Sie saß tatsächlich wieder auf ihrem Lieblingsplatz am Meer und schaute auf die Wellen. „Zufrieden?", hörte sie eine Stimme. Als Lisa sich umsah, bemerkte sie Atun, der hinter einem Felsen hervorkam.

„Wie ist das möglich?", fragte Lisa aufgeregt, ohne zu antworten. „Alles in der Welt ist durch unsichtbare Fäden miteinander verbunden. An ihnen entlang kannst du reisen, wohin du willst, in Sekundenschnelle." – „Wie mit einer Seilbahn", rief Lisa und dachte an den Ausflug in die Berge. Sie hatte kaum das Bild aus ihrer Erinnerung emporsteigen lassen, als sie sich schon in der Gondel über den Bergen wiederfand. „Fast, aber nicht ganz", kam die Antwort von neben ihr. „Unsere Gedanken brauchen keine Gondel, sie sind eine." Kaum hatte Atun den Satz beendet, da verschwand die

Gondel plötzlich und Lisa flog über die Berge und Seen, als wäre sie ein Adler. Sie fühlte sich frei und unbeschwert und war kein bisschen erstaunt zu fliegen. Etwas in ihr erinnerte sich, dass sie dieses Gefühl schon kannte. Und sie sah sich durch Räume kreisen über den Köpfen anderer Menschen, spürte, wie ein Sog sie höher und höher zog, sodass ihr fast schwindelig wurde. „Wo immer du sein willst, kannst du sein", erinnerte sich Lisa und stürzte im nächsten Augenblick einen Wasserfall hinab, als wäre sie selbst Wasser.

„Alles, was existiert, ist verbunden. Wir sind Teil von allem und in allem. Vergiss das nie!" Lisa blickte sich um, konnte aber nichts erkennen. Sie stürzte tiefer und tiefer, in einen Fluss, durch sein Bett, in die Erde hinein, bis sie sich plötzlich, etwas verwirrt, auf ihrem Stein im Wald wiederfand. „Na, wie hat dir deine Reise gefallen?", fragte der Hase und Atun lächelte. „Alles ist so schnell gegangen. Ich möchte am liebsten noch einmal von vorne beginnen", antwortete Lisa. „Wann immer du magst, kannst du zurückkommen", erwiderte Atun. „Du kennst ja jetzt den Weg." Noch ehe Lisa sich für die Einladung bedanken konnte, war Atun im Wald verschwunden und der Hase hoppelte auf die Lichtung zu, von der sie gekommen waren.

„Lisa, Lisa!", hörte sie da von ganz fern eine Stimme, während sie sich in dem Tunnel wiederfand, der sie an die Oberfläche der Erde zurückführte. „Lisa, wach auf, das Essen ist fertig." Jetzt erkannte Lisa ihre Mutter, die lächelnd vor ihr unter dem Apfelbaum stand. „Na, hast du etwas Schönes geträumt?"

„Ich bin geflogen", erzählte Lisa, noch ganz benommen von den Bildern in sich. „Schön, mein kleines Adlerfräulein, dann fliegen Sie mal gleich weiter zum Tisch", lachte ihre Mutter. Lisa sprang auf und aus dem Augenwinkel meinte sie, Atun in der Krone des Baumes wahrgenommen zu haben. Doch als sie den Blick über die Zweige und Blätter wandern ließ, war er nirgends zu sehen. Lisa nahm Abschied von ihrem Platz und während sie ins Haus lief, nahm sie sich ganz fest vor, Atun und seine Welt bald wieder zu besuchen.

Reise zum Zitrin: Licht und Dunkel

Es war einmal in einem Land vor unserer Zeit, da lebte ein König, der hatte zwei Töchter. Eine war schön und hell wie der sonnige Tag, die andere finster und dunkel wie die Nacht. Sara, die Helle, lief jeden Morgen in den Wald, um die Geister des Morgentaus zu begrüßen. Silia, die Dunkle, ging jeden Abend in den Wald, um die Dämmermächte zu beschwören. Tagsüber lebten beide Königstöchter ein ganz normales Leben im Palast.

Eines Tages kam ein Königssohn aus fernen Landen zum Schloss, weil er von den beiden Prinzessinnen gehört hatte, und er bat den König, ihm eine der beiden zur Frau zu geben. „Welche begehrst du?", fragte der König und ließ beide Töchter holen. Der Prinz war sofort eingenommen von der hellen freundlichen Ausstrahlung Saras, doch die dunkle geheimnisvolle Art Silias faszinierte ihn nicht minder. Und so konnte er sich nicht entscheiden.

„Ich stelle dir eine Aufgabe", sprach da der König. „Sara geht jeden Morgen in den Wald, Silia jeden Abend. Die Wesen und Mächte der Natur mögen die Entscheidung treffen. Begleite beide in den Wald und warte, was geschieht. Danach wirst du wissen, wo du hingehörst." Und so geschah es.

Der Prinz folgte am kommenden Morgen Sara in den Wald. Die Lichtung, zu der sie ging, lag im aufsteigenden Nebel.

Die Sonne fand gerade verschlafen ihren Weg zwischen den Wolken und mitten auf der Lichtung, für ungeübte Augen kaum zu erkennen, tanzten die Elfen. Sara gesellte sich zu ihnen und gemeinsam begrüßten sie mit ihrem Reigen den neuen Morgen. Der Prinz stand am Rande der Lichtung und beobachtete scheu das Geschehen.

Da kam ein Wind auf und trieb die Blätter spiralförmig in die Höhe und als sie sich wieder senkten, stand ein androgynes Wesen von ruhiger, gelassener Schönheit vor ihm. „Ich bin die Herrin des Morgentaus", sprach es, „und das Licht der Morgensonne leuchtet zu meinen Ehren. Welches Geschenk hast du mir mitgebracht?" Der Prinz antwortete stockend: „Geschenk? Ich bin ganz allein hier, nur mit meiner Seele, und warte auf die Aufgabe, die mir gestellt wird, um Prinzessin Sara freien zu können." – „So schenk mir deine Seele", sprach die Herrin des Morgentaus, „und begleite mich in meine Welt."

Ehe der Prinz etwas entgegnen konnte, erfasste ihn der Windwirbel und trug ihn mit den Blättern fort. Im Land des Morgentaus kam er wieder zu sich. Er befand sich in einem gläsernen Palast, umgeben von lauter kleinen Bergkristallen, in denen Seelen saßen. Als er sich genauer umsah, bemerkte er, dass auch er in einem Kristall saß und sich nicht vom Fleck bewegen konnte. Alles glitzerte und glänzte und inmitten der Pracht saß seine Herrin.

„Gefällt es dir bei mir?", fragte sie schmeichelnd. „Nein, ich will zurück zu Sara", brach es wütend und trotzig aus dem Prinzen hervor. „Aber du hattest mir nur deine Seele mitgebracht. Keinen Tanz, wie Sara und die Elfen, keinen Kristall, keinen Becher Wasser, kein Brot des Lebens. Mir wäre jedes Geschenk recht gewesen, doch du gabst mir deine Seele." – „Das ist nicht wahr, du hast sie mir gestohlen!", schrie der Prinz. Die Herrin des Morgentaus lachte glockenhell, drehte sich wortlos um und ging.

Inzwischen war der Abend angebrochen. Sara hatte erzählt, was geschehen war, und das ganze Königreich trauerte. Nur Silia nicht. Sie packte eine Kugel aus Kristall, legte ihren schwarzen Schal um und ging schweigend hinaus in den Wald. Im Licht des gerade aufsteigenden Mondes setzte sie sich auf die Lichtung, ihre Kristallkugel vor sich, und wartete, welches Bild sich ihr offenbaren würde. Wie aus dem Nebel stieg vor ihr der Kristallpalast empor und inmitten der Seelen in der Halle der Kristalle entdeckte sie die Seele des Prinzen.

„Hört mich an, ihr Mächte der Dämmerung. Ich bitte euch um eure Hilfe!", rief Silia in den Abendwald. Mit sanftem Rauschen antworteten die Bäume rund um die Lichtung und am Waldrand zeigte sich ein heller Schein. „Du hast mich gerufen, Silia? Was ist dein Begehr?" – „Helft mir, die Seele des Prinzen aus dem Palast der Herrin des Morgentaus zu befreien."

„Das wird nicht einfach sein", antwortete die Lichtgestalt. „Sie lässt niemals eine Seele frei, ohne eine andere dafür zu bekommen." – „Lass es uns trotzdem versuchen", bat Silia. Das Lichtwesen willigte ein und der aufkommende Wind trug sie davon, direkt zum Kristallpalast.

„Ich habe euch schon erwartet", hörte Silia eine Stimme, als sie sich näherten. Die Herrin des Morgentaus saß auf ihrem Thron inmitten der Kristallpracht und ließ sie näherkommen. „Was habt ihr mitgebracht?" – „Diese Kugel aus Kristall", erwiderte Silia und streckte der Herrin des Morgentaus ihre Kugel entgegen. „Oh, wie schön", stieß die Beschenkte hervor und wollte den Kristall ergreifen. Doch Silia zog das Geschenk zurück. „Nicht so schnell. Du hast etwas, was dir nicht gehört, und das möchte ich mitnehmen. Als Dank bekommst du diese Kugel." Die Herrin des Morgentaus wusste sofort, wovon die Rede war. „Warum liegt dir so viel an der Seele des Prinzen?", fragte sie. „Weil ich ihn liebe und seine Frau werden will", antwortete Silia ruhig. Da streckte die Kristallfrau ihre Hand nach dem Bergkristall aus, in dem der Prinz gefangen war, sprach eine Beschwörungsformel und der Kristall zersplitterte in tausend Stücke.

„Schnell, komm!", rief Silia dem Prinzen zu und hielt ihm ihre Kristallkugel entgegen. Mit einem Sprung war er bei ihr und ehe er sich's versah, saß er in der Kugel und Silia trug ihn fort. Die Lichtgestalt aber, die Silia begleitet hatte, ging auf die Herrin des Morgentaus zu und hüllte sie in warmes weiches Dämmerlicht, sanft wie die Liebe. Auf den Schwingen des Windes ritten Silia und der Prinz zurück.

Im Palast herrschte große Aufregung, als die beiden ankamen und der Prinz schließlich wieder inmitten der königlichen Familie stand. „Nun, wie haben die Mächte entschieden? Wer wird deine Frau werden?", fragte der König. „Ich weiß es noch immer nicht", sprach der Prinz. „Sara ist schön wie der helle Morgen. In ihrer Nähe fühle ich mich wie im Licht der Sonne. Und Silia ist in die Dunkelheit hinabgestiegen, um mich zu retten. Ihr bin ich zu Dank verpflichtet." „Schönheit und Dankbarkeit sind noch kein Fundament für eine Ehe", antwortete der König. „Und Licht existiert nicht ohne Dunkelheit. Ziehe hinaus in die Welt und suche das Licht und die Dunkelheit in dir selbst. Und erst, wenn du sie gefunden hast, kehre zurück. Dann wirst du wissen, wo dein Platz ist."

Also tat der Prinz, wie ihm geheißen war, stieg auf sein Pferd und ritt davon. Er ritt viele Jahre lang und bereiste viele Länder auf der Suche nach dem Licht und den Schatten in sich selbst. Eines Tages kam er zu einem Weisen im Orient. Bei einer Tasse Tee erzählte er ihm seine Geschichte.

„Siehe", sprach da der Meister, „du brauchst das Licht und Dunkel in dir nicht zu suchen, denn sie sind immer da. Und eines durchdringt das andere. Lerne nur die Tatsache akzeptieren, dass Licht ohne Dunkelheit nicht möglich wäre und Dunkelheit nicht ohne Licht. Solange du das Gute nur im Licht suchst und die Schatten fürchtest und meidest, wird dir der Heimweg versperrt bleiben." Zum Abschied schenkte er ihm ein Amulett aus weißem und schwarzem Kristall und gab ihm seinen Segen. Der Prinz fühlte sich plötzlich, als wäre eine große Last von ihm abgefallen. Er stieg auf sein Pferd und ritt sieben Tage und sieben Nächte, bis er wieder vor dem Königspalast stand, den er Jahre zuvor verlassen hatte.

Niemand war zu sehen und so öffnete der Prinz das Tor des Palastes und trat ein. Die Halle und all die Zimmer, die er durchstreifte, lagen einsam und verlassen vor ihm. Als er schon kehrt machen wollte, hörte er ein leises Rascheln hinter der Tür zum Nebenraum. Er öffnete sie und stand einem Mädchen gegenüber, das schöner war als alle, die er zuvor je gesehen hatte. „Wer bist du?", fragte der Prinz, „und wo sind Sara, Silia und ihr Vater?" – „Sie haben ihre Aufgabe erfüllt", antwortete das Mädchen, „und du hast gefunden, was du gesucht hast. Ich bin Lara Alaia und ich habe auf dich gewartet." Der Prinz ging auf sie zu und umarmte Lara und als sie sich küssten, fühlte er, dass er nun wahrhaft heimgekehrt war.

Da öffneten sich die Türen und Tore und der gesamte Hofstaat strömte herein. Die Dienerschar brachte die Hochzeitskleider und auf einer riesigen Tafel wurde das Mahl bereitet. Der Prinz und Lara Alaia gaben einander vor allen Anwesenden das Ja-Wort und danach hob ein Tönen und Jubilieren an, als wollten alle Wesen der Natur diese Hochzeit preisen. Und die beiden lebten Seite an Seite bis ins hohe Alter und regierten gemeinsam mit Milde und Gerechtigkeit ihr Königreich. Und die Liebe war immer bei ihnen.

Reise zum Rosenquarz: Die Welt der Zweiheit

Es war einmal in einem Land vor unserer Zeit ein Volk, das war weder schwarz noch weiß noch rot noch gelb. Dieses Volk lebte in einem Zustand, den wir himmlisch nennen würden, in seelenvoller Verbundenheit mit allem und fernab von Kummer und Leid. Die Wesen dieser Welt waren groß gewachsen und anmutig. Ihr innerer Friede leuchtete aus ihnen und ihre Herzen schlugen wie ein Herz vereint mit dem Pulsschlag von Mutter Erde.

Eines Tages kam jedoch die Zwietracht auf die Erde und niemand wusste, wer sie gesät hatte. Fern der Flüsse und Täler in einer Höhle der Finsternis war sie emporgekrochen und bahnte sich den Weg in die Herzen. Ehe es sich die Söhne und Töchter dieses Volkes versahen, war der Streit ins Land gezogen. Die Tage der Harmonie und Einheit waren gezählt. Da fasste sich ein Menschensohn ein Herz und reiste zu den Mächten des Himmels: „Warum habt ihr Hass und Zwietracht gesät? Wollt ihr die Eintracht entzweien?", fragte er.

„Die Welt, in der ihr lebt, ist eine Welt der Zweiheit. Das war sie von Anbeginn", lautete die Antwort. „Licht braucht das Dunkel, Liebe den Hass, der Mann die Frau, um sich zu erkennen und zu wandeln. Alles ist und war in euch seit dem Beginn der Tage. Auf das eine folgt das andere, denn das Wesen dieser Welt ist der Wandel."

Da kehrte der Menschensohn betrübt wieder zurück und verkündete seinem Volk die Botschaft. „Wenn alles in uns ist, dann liegt es an uns, wofür wir uns entscheiden", meinten die einen. „Wenn alles in uns ist, dann hat das Gute nicht mehr Chance zu siegen als das Böse", erwiderten die anderen.

Wie sie es drehten und wendeten, sie kamen zu keinem Schluss, denn sie fanden keine absolute Wahrheit. Alles war und alles war wahr. Da legte sich eine tiefe Trauer über das Land und die Tage wurden kürzer. Die Nacht senkte sich schwarz und sternenlos über die Welt und die Seelen sanken in einen tiefen Schlaf. Obwohl die Sonne Tag für Tag neu über den Horizont aufstieg und ihre Bahn vollendete, war das Licht früherer Tage aus dieser Welt gewichen. Wie erstarrt gingen die Menschen ihrer Wege und trauerten um das, was sie von nun an Vergangenheit nannten. Nur wenige sahen voll Zuversicht in den neuen Morgen: „Seht, das Licht ist der Dunkelheit gewichen, doch wie die Sonne Tag für Tag aufs Neue ihre Bahn zieht und Tag auf Nacht folgt, wird das Licht auch wieder die Dunkelheit in unseren Herzen besiegen, wenn wir es nur zulassen." Doch die Botschaft der Zuversichtlichen verhallte ungehört und die Nacht wurde noch ein Stück tiefer und dunkler.

Der Funke aus den Tagen davor glüht bis heute in unseren Herzen. Sein Aufflackern entzündet für Momente eine uralte Sehnsucht. Doch wahr wird, wonach wir uns sehnen, erst, wenn wir den Funken entfachen und das Feuer wieder nähren. Damit die Flammen des Vergessens die Welt der Kälte und

Dunkelheit wieder in eine der Wärme und des Lichts verwandeln können. Wie am Anbeginn der Tage.

Reise zum roten Jaspis: Arianas Einweihung

Es war einmal – so beginnen alle Geschichten jenseits von Zeit und Raum. Es war einmal in einer fernen Galaxie ein Stern, der leuchtete heller als jeder seiner Nachbarsterne. Sein Name war Lamus. Sein Leuchten war weithin sichtbar und erhellte alles rings um ihn durch ein goldenes weiches Licht. Aus diesem Licht wurden die Lamusianer geboren, jenes Volk, dessen leuchtende Taten quer durch das Universum berühmt werden sollten.

Jeden Morgen und jeden Abend begrüßten die Lamusianer das Licht ihres Sternes und verabschiedeten sich wieder von ihm. Voll Ehrfurcht neigten sie den Kopf vor dem goldenen Strahlen, das sie wärmte und ihre Tage erhellte. Sie nannten es Gott. Diesem Licht zu Ehren, das alles durchdrang, erbauten sie Tempel aus Gold, die weithin sichtbar waren. Der größte von ihnen, eine goldene Pyramide, strahlte weit in das Universum. Seine Spitze glänzte im Licht wie Feuer und in sein Inneres hatten nur Eingeweihte Zutritt. Hier empfingen sie die höchsten Mysterien, Einsichten in die Zusammenhänge der Welten und die Gesetzmäßigkeiten des Lebens.

Aranuk, der Priester des goldenen Lichts, war der Hüter der Mysterien. Wer zu ihm in den Tempel kam, musste bereit sein, wahrhaft zu sehen – und zu schweigen. Denn wer nicht selbst die Mysterien erfahren hatte, konnte ihre Tiefe nicht fassen und die Lehren nicht verstehen.

Nur wenige bestanden die Prüfungen, die ihnen auferlegt waren, um in den Tempel zugelassen zu werden. Ihr Fasten sollte den Körper reinigen und mit Licht erfüllen, ihr Geist sollte zur Ruhe gefunden haben und ihre Seele geläutert sein. Unter jenen, die den Weg in den Tempel fanden, war Ariana. Ihre Ernsthaftigkeit und ihr inneres Strahlen beeindruckten Aranuk, denn er hatte noch nicht viele Adeptinnen von ihrem Gleichmut erlebt.

Als der Tag gekommen war, an dem Ariana in die Lehren des Lichts eingeweiht werden sollte, sprach Aranuk zu ihr: „Siehe, Tochter des Lichts, um eine Priesterin des goldenen Leuchtens zu werden, musst du die Finsternis mit deinem inneren Leuchten erhellen. Wenn Lamus herniedersinkt, sollst du dich zur Ruhe betten und seine Lehren empfangen. Und sein Leuchten wird in dir sein bis zum Ende aller Tage." Und so geschah es.

Als der Stern seine tägliche Bahn vollendet hatte, dankte Ariana seinem Leuchten, sank zur Erde und bat um ein Licht, das die Dunkelheit erhellen möge. Und von weit her drang ein Strahlen zu ihr durch die Finsternis, das alles übertraf, was ihre äußeren Augen je wahrgenommen hatten. „Höre, Tochter des Lichts", sprach eine Stimme zu ihr, „dies ist die Botschaft des neuen Morgens, der immer wiederkehrt, bis ans Ende der Tage. Dieses Wissen zu hüten, bist du geboren. Bringe es den Menschen, wenn die Zeit gekommen ist." Und die Stimme enthüllte ihr die Weiten des Alls. Für Sekunden hoben sich die Schleier und sie sah das Netz der Welten klar vor sich liegen. Körperlos schwebte ihre Seele zwischen Zeit und Raum, durchquerte die Galaxien und fand ihr inneres Licht.

Als Ariana zurückgekehrt war, erwartete sie Aranuk bereits. Wohlwollend sah er in ihr strahlendes Gesicht und spürte, dass ihre Mission erfolgreich gewesen war. „Siehe, Tochter des Lichts", sprach er nach einer Weile, „nun hast du die Mysterien erfahren. Hüte sie und bewahre sie in deinem Herzen zum Nutzen kommender Tage."

Und die Zyklen des Lamus zogen ins Land und verwischten die Zeit. Immer mehr Lamusianer und Lamusianerinnen fanden den Weg in den Tempel und Aranuk war zuversichtlich, dass die Zeitenwende nicht mehr fern war.

Eines Morgens, als Lamus' Strahlen hinter der Pyramide hochstieg und sie leuchtete wie flüssiges Gold, war der Tag gekommen. „Ariana", rief Aranuk im Geiste und nur wenige Augenblicke vergingen, bis die Priesterin des Lichts vor ihm stand. „Die Zeit ist gekommen", sprach Aranuk. „Nun sind genug unserer Brüder und Schwestern bereit, zum Licht zu gehen. Hilf ihnen auf ihrem Weg und schenke ihnen die Einsicht in die Mysterien."

Ariana neigte den Kopf zur Zustimmung und tat, wie ihr geheißen war. Inmitten der Adeptinnen in der Pyramide des Lichts teilte sie, was sie erfahren hatte. Und das Leuchten erhellte ihren Schülerinnen die innere Nacht und sie erkannten den Sinn ihrer Tage. Ihr inneres Licht strahlte in der Dunkelheit wie Lamus es sie gelehrt hatte, denn wer Licht erfährt, wird zu Licht.

Und so erhellte ihre Erleuchtung die Finsternis der Welt und die Herzen wärmten sich an dem inneren Strahlen. Lamus ist seither an allen Stellen des Universums sichtbar. Sein Strahlen wird nie vergehen und erhellt den Seelen überall ihren Weg. Und von Galaxie zu Galaxie zieht das Licht seine Bahn, bis es die finstersten Winkel des Universums erleuchtet und die Welten verwandelt hat. Und manchmal erhellt Lamus auch uns die innere Nacht, damit wir wahrhaft sehen lernen.

Reise zum Landschaftsjaspis: Der Mann und der Beduine

Es war einmal im Land der Pyramiden ein Fluss quer durch die Zeit. Er war für die äußeren Augen unsichtbar, doch das wahre Sehen fand ihn im Herzen. Der Fluss lag inmitten einer Landschaft, die von Felsen und Bergen umgeben war, aber auch Ebenen, Wiesen und Wälder kannte. Auf diesem Fluss reiste ein Mann mit seinem Boot in ein neues Morgen. Sein Ziel lag jenseits der Schwelle, die Seelen überschreiten, die ihren Heimweg angetreten haben.

Der Mann paddelte und paddelte und kam in ein heißes Wüstenland. An einem Ufer sah er einen vermummten Beduinen und sein Kamel stehen, also legte er an. „Woher kommst du?", fragte er den Beduinen. „Aus dem Reich deiner Mitte", antwortete er. „Bist du da, um mir die Fragen zu beantworten, die mich hierher geführt haben?", wollte der Mann weiter wissen. „Ja", sagte der Vermummte.

Also begann der Mann zu fragen: „Wo ist der Anbeginn der Zeit?" – „Die Zeit ist die Erfindung der Menschen. Da sie nicht existiert, hat sie auch weder Beginn noch Ende. Die Zeit existiert nur in deiner Außenwelt, der Welt des Scheins. In deiner Innenwelt, der Welt des Seins, sind ihre Grenzen aufgehoben." – „Aber wir werden geboren, altern und sterben. Wie kannst du da sagen, Zeit existiere nicht?", wunderte sich der Mann. „Weil nur dein äußerer Körper den Gesetzen der Zeit in der äußeren Welt unterliegt. Du selbst bist zeitlos und kennst weder Tod noch Geburt. So wie du den Weg zu diesem Fluss gefunden hast, wandelst du zwischen den Welten und das, was du Tod nennst, ist – in deiner Sprache – nur die Geburt in eine andere Welt."

Der Mann wurde sehr still und nachdenklich. Auch wenn sein Verstand nicht wirklich den Sinn dieser Worte erfassen konnte, spürte er doch, dass eine Saite in seinem Inneren angeschlagen worden war und zu klingen begann. Aus seinem tiefsten Innersten stiegen langsam Erinnerungen empor, ein Wissen um die Gesetze des Seins und die Welt hinter den Welten.

„Wer ist der Schöpfer allen Seins?", fragte der Mann schließlich nach einer langen Pause des Schweigens. „Das Sein ist unerschaffen. Sein ist, erschaffen kann nur das Tun. Dein Tun erschafft deine Wirklichkeit, wie außen so innen und umgekehrt. Nur der Weg in dein zeitloses Sein kann den Kreislauf von Werden und Vergehen stoppen. Nur wenn du bist, ist alles ewiges Sein. Dein Tun erschafft die Zeit tagtäglich neu."
„Aber wenn ich aufhöre zu tun, höre ich dann nicht auch auf, in dieser Welt zu sein?" – „Ja und nein", antwortete der Beduine, „dein Tun ist Ausdruck deines Seins in dieser Welt. Solange du in ihr lebst, gehört es auch zu deinem Sein im Schein. Doch andere Wege stehen dir immer offen, wenn du versuchst, in deinem Mittelpunkt zu sein."

Wieder verging eine Weile, bis der Mann das Gesagte verdaut hatte. „Meinst du also, es ist meine Entscheidung, wann immer ich Zeit und Raum entfliehen möchte?" – „Flucht ist nicht der wahre Weg zum Heil", antwortete der Beduine, „aber du hast recht mit deiner

Vermutung. Zeit und Raum existieren nur in deiner körperlichen Welt, die Seele und der Geist sind grenzenlos und zeitlos. Ihr Reisen kennt kein Ziel, keinen Anfang und kein Ende. Alles geschieht, weil es geschieht, und der Sinn liegt im Sein."

Das war dem Mann nun allmählich zu philosophisch und er verabschiedete sich von dem Beduinen, nicht ohne Dank zu sagen. Als er wieder am Ausgangspunkt seiner Reise angekommen war, sah der Mann seine Welt jedoch mit neuen Augen. Und wenn er diese schloss, spürte er eine kleine Ahnung von der Ewigkeit, die er auf seiner Reise für Augenblicke erfahren hatte.

Reise zum Bernstein rund: Leben im Hier und Jetzt

Es war einmal zwischen Einst und Jetzt ein Lilienbusch, der brachte jahraus jahrein die schönsten Blüten hervor. Die Insekten tranken seinen Nektar und die Vorüberziehenden freuten sich an seiner Pracht. Eines Tages ließ sich in seinem Schatten ein Wanderer nieder, erschöpft von seiner Reise. Er roch den betörenden Duft der Lilienblüten und ehe er es sich versah, sank er in einen Zustand zwischen Wachen und Träumen.

„Sei willkommen, Wanderer", hörte er da eine sanfte, zarte Stimme. Als er sich umsah, wurde er einer kleinen Elfe gewahr, die auf einem der Blütenkelche stand und ihn ansah. Ihr Leib schimmerte durchsichtig wie ein Tautropfen in weißblauem Licht und auf ihrem Rücken glänzte ein zartes durchsichtiges Flügelpaar. Der Wanderer konnte seinen Blick gar nicht von der Erscheinung abwenden und starrte sie wortlos an.

„Wohin des Wegs?", fragte die Elfe. „Ins Morgen-Land", erwiderte der Wanderer scheu. „Jedes Land kann dein Morgen-Land sein", meinte darauf die Elfe, „wenn du es in der Ferne suchst, vergeudest du nur wertvolle Zeit, um es hier und jetzt zu finden." Der Wanderer war verblüfft und wusste nicht, was er von dieser Botschaft halten sollte. „Aber wo im Hier und Jetzt kann ich mein Morgen-Land finden?", fragte er die Elfe. „In dir selbst", antwortete sie, bewegte ihre Flügel und war Sekunden später verschwunden. Der Wanderer blieb zurück mit all seinen Fragen und wusste mit einem Mal nicht mehr, ob er seine Reise abbrechen oder fortsetzen sollte.

Da brach sich ein Sonnenstrahl in einem Tautropfen und leitete den Blick des Wanderers direkt in den Himmel. „Siehe, der Morgen ist nicht mehr weit und das Land, das du suchst, ist nicht von dieser Welt", hörte er da eine ferne Stimme. „Dein Morgen beginnt immer jetzt, in jedem Augenblick, denn Vergangenheit und Zukunft sind Illusionen, die sich in der Gegenwart begegnen. Dein Leben existiert immer nur jetzt, darum sehne dich nicht nach einem fernen Morgen, sondern lebe in jedem Moment so, als wäre er dein letzter."

Der Wanderer dankte für diese Einsicht, erhob sich und trat den Heimweg an. Zu Hause schloss er seine überraschte Frau und sein Kind in die Arme, nahm seine Arbeit auf dem Feld wieder auf und jedes Mal, wenn ihn von diesem Tag an eine unbestimmte Sehnsucht in die Ferne zog, um der Gegenwart zu entfliehen, wanderte er vor die Stadt zum Lilienbusch, erinnerte sich an seine Offenbarung und kehrte zufrieden und glücklich wieder in die Gegenwart zurück.

Die Elfe sah er nie wieder, aber die Stimme in seinem Herzen war in jedem Augenblick seine Begleiterin und die Tage der Einsamkeit und Ruhelosigkeit lagen fortan hinter ihm. Die Früchte seiner Felder gediehen prächtig wie sein Sohn, die Liebe zu seiner Frau erhellte ihm seine Tage und als er schließlich von dieser Erde ging, blickte er auf ein erfülltes Leben zurück, das ihm schien wie ein einziger Augenblick seit dem Anbeginn seiner Tage.

Reise zum Karneol-Achat: Herzen aus Licht

In einem Land, wo blutrote Lava floss, begann alles Leben. Die Liebe hatte sich auf die Erde gesenkt und formte Herzen aus Licht. Ihr Leuchten ließ die Welt in ein neues Morgen strahlen. Das Innere der Erde kehrte sich nach außen und brachte Feuer in die Herzen. Sie begannen vor Liebe zu brennen. Lava und Asche senkten sich über das Land und verdunkelten zuweilen die Sonne. Und so kam die Finsternis in die Welt und kamen Schatten in die Herzen.

Da wusch der Regen die grauen Felder wieder rein und Tränen machten die Herzen hell und klar. Der Wind wehte die Aschewolken vom Himmel und ließ die Herzen wieder aufatmen, neu geboren in der Frühlingsbrise. Die Elemente schlossen Frieden und die Herzen formten sich aus ihnen Leiber, in denen sie durch die Welt zogen. In ihrem Fühlen waren sie aber noch immer mit dem verbunden, woraus sie geschaffen worden waren, und sie sind es bis zum heutigen Tag.

Reise zum runden Schamanenstein: Die Erschaffung der Welt

Es war einmal auf dem Grund des Meeres, als sich innen mit außen verband und die Ströme des Lebens zu fließen begannen, da lebte eine Wesenheit ohne Gestalt in den Fugen und Ritzen der Zeit. Ihr Atem war die Vergänglichkeit und ihr Lebenselixier die Kraft der Erde.

Als sich die Formen verfestigten, sehnte sich auch diese Wesenheit nach einer Gestalt. Sie nahm sie an in Form von Bergen und Tälern. Doch das genügte ihr mit der Zeit nicht mehr. Sie wollte fließen und verwandelte sich in einen langen ruhigen Fluss. Auch das Strahlen der Sonne und das Leuchten von Mond und Sternen entstand aus dieser Wesenheit.

Als all ihre Ausdrucksmöglichkeiten in der Natur erschöpft schienen, hielt das Wesen den Atem an – und gebar im nächsten Atemzug die Tiere und Menschen. Ihre Form wurde ebenmäßiger, ihr Sein klarer. Doch die Menschen erhoben sich gegen die Wesenheit, die sie schuf, und hielten sich für ihresgleichen. Und so vernichtete die Wesenheit die Menschen, um den Planeten zu retten, der viel älter war als sie.

In einem zweiten Atemzug gebar die Wesenheit neue Menschen, viel schöner und anmutiger von Gestalt, doch auch sie erhoben sich, spielten Krieg und vernichteten sich selbst. Die Welt brach entzwei und verschlang die Spuren dieser Geschöpfe, bis zum nächsten Atemzug.

Da schwor sich die Wesenheit, den Menschen ihre letzte Chance zu geben. Sie schenkte ihnen den Planeten und die Verantwortung dafür und sprach: „Hütet ihn, ich vertraue ihn euch an." In diesen ersten Lebenssekunden der neuen Menschheit lebten diese Geschöpfe im Einklang und in Liebe mit der Natur. Sie schenkte ihnen, was sie zum Leben brauchten, und die Menschen würdigten die Geschenke als Teil ihres Lebens.

Mit den Jahren, als die Menschen allmählich ihre Herkunft vergaßen und die Stimme der Wesenheit in der Vergangenheit verhallte, wuchs die Eitelkeit unter den Menschen. Sie betrachteten die Natur als Teil ihres Selbst und als ihr Eigentum. Da begann die Erde, sich zu erheben, spie Feuer und hüllte sich in Eis, um auf ihr Leid und ihre Plagen aufmerksam zu machen. Doch die Menschen verstanden nicht und fuhren fort, sich die Erde untertan zu machen.

Die Wesenheit beobachtete still am Rande unserer Zeit das Schaffen und hoffte und bangte. Und die Welt taumelt am Scheideweg zwischen Licht und Dunkel, zwischen Wachen und Träumen. Die Träumer holen die Zukunft der Welt auf den Boden und erschaffen die Erde mit jedem Tag neu. In ihren Händen liegt das Morgen. Und die Wesenheit hält den Atem an.

Reise zum flachen Schamanenstein: Der Sieg des Lichts

In einem Tal unter dem Berg der Berge lebte einmal ein Elfenvolk, das hatte keinen Namen. Es war nur auf der Welt, um den Menschen Freude zu bereiten.

Wenn die Tage kürzer und die Nächte dunkler wurden, kehrte auch Finsternis in den Herzen ein und die Elfen zogen von Haus zu Haus und zündeten kleine Lichter an. Unmerklich erhellten sie die Seelen der Menschen und manch einer fühlte sich mit einem Mal wieder froh und glücklich wie schon lange nicht.

Der König der Finsternis beobachtete das Treiben und zürnte den Elfen. Er rief ihre Königin und versuchte, sie zu einem Handel zu überreden: Der Sommer sollte den Kräften des Lichts, der Winter den Kräften der Dunkelheit gehören. Doch die Elfenkönigin hielt nichts von dem Vorschlag und flog davon, ohne den König der Finsternis noch eines Blickes zu würdigen. Da ersann er ein Komplott.

Die Berggeister und Waldschrate scharten sich um ihn. Sie waren schon seit langem eifersüchtig auf die Elfen, die so viel Zauber und Licht verbreiteten. Und so schlichen sie hinter ihnen zu den Menschenhäusern und löschten die Flammen in der Nacht eine nach der anderen wieder aus. Da waren die Elfen verzweifelt und scharten sich weinend und klagend um ihre Königin. Doch die sprach: „Seid frohen Mutes, die Kräfte des Lichts siegen immer über die der Finsternis." Und so geschah es.

Von überall aus den Schluchten der Berge, aus Bächen und Flüssen kamen Elfen und Feen, Wassergeister und andere Lichtgestalten und erhellten die Welt von Tag zu Tag mehr. Ihre Lichter flackerten im Norden durch die Nacht und die Menschen nannten sie Nordlichter und freuten sich staunend an ihnen wie an einem Wunder.

Die Mächte der Finsternis aber verkrochen sich wieder in der Erde, geblendet von so viel Licht und Schönheit, die ihnen die Nacht vergellten. Die Elfen tanzten zur Feier ihres Triumphes einen Reigen. Und wer sich in besonders finsteren Nächten ein Herz fasst und in die Dunkelheit hinausgeht, kann sie sehen, wie sie auf Wiesen und Feldern ihre Kreise ziehen, jede einzelne unterwegs als eine Botin des Lichts für lichtlose Menschenherzen.

Reise zum Malachit: Die Hexe und der Inquisitor

Es lebte einmal im tiefsten Wald des Mittelalters eine Hexe. Das heißt, die Leute nannten sie so, weil sie einen großen Wissensschatz hütete und Pflanzen kannte und Gebräue, die selbst schwer Kranke wieder gesund machten. Die Zeiten waren schwer für Hexen, alle hatten Angst vor der Inquisition und die Kirche verdammte ihr Wissen aus Angst um die eigene Macht.

Eines Tages kam ein junger Wanderer zu der Hexe, erschöpft von einer weiten Reise. Er bat sie: „Gib mir ein Gebräu, das mich wieder mit neuen Kräften erfüllt, du sollst es nicht bereuen." Die Hexe erwiderte: „Woher kann ich wissen, dass du es ehrlich mit mir meinst und mich nicht auslieferst?" – „Frag deine Geister", sagte der junge Mann nur kurz und die Hexe verstummte. Sein Wissen um die Gesetze der anderen Welt war spürbar und so vertraute sie ihm, weil er allein deshalb auch zu den Verfolgten gehörte.

„Gut, du sollst das Gebräu haben." Die Hexe mischte dem Wanderer einen ganz besonderen bitteren Saft aus Beinwell, Salbei und Thymian und einem Schuss Rosmarin und er fühlte sich schon kurze Zeit, nachdem er es getrunken hatte, viel besser. „Hab Dank", sprach der Wanderer und zog einen Beutel mit Goldstücken hervor. „Ich weiß deine Hilfe zu schätzen." Dann verschwand er so schnell, wie er gekommen war.

Wenige Tage später stand die Inquisition vor der Tür der Hexe und hieß sie mitkommen. Die Männer durchwühlten das Haus und fanden den Beutel Gold. „Satan war auf Besuch bei ihr", sagte der eine und nahm den Beutel an sich. Die Hexe packte ein paar Sachen und folgte den Männern, die sie unsanft durch den Wald stießen.

In einer Burg nahe der Stadt hielt die Inquisition Gericht. Und die Hexe traute ihren Augen nicht, als ihr plötzlich der Wanderer im Gewand des Inquisitors gegenübersaß. „So hat er mich doch verraten", dachte die Hexe, doch im selben Augenblick hörte sie eine Stimme in ihrem Kopf: „Sei unbesorgt, wir sind aus einer Welt", und ihre Augen trafen die des Inquisitors.

„Was habt ihr mir vorzuwerfen?", fragte die Hexe. „Den Bund mit dem Teufel", sprach der Gehilfe des Inquisitors und warf ihr die Goldmünzen vor die Füße, die sie wenige Tage zuvor vom Wanderer, dem Inquisitor, bekommen hatte. Aber irgendetwas in ihrem Inneren verbot ihr, ihn preiszugeben, und eine Stimme verlangte von ihr: „Vertraue!" Da schwieg die Hexe und der Inquisitor ließ sie wieder in ihre Zelle bringen.

Einige Tage später hörte sie das Klirren von Ketten und kurz darauf drehte sich der schwere Schlüssel im Schloss des Eisentores ihrer Zelle. Herein kam der Inquisitor, der dem Wächter deutete, sie allein zu lassen. „Verrate mir dein Geheimnis und du bist auf freiem Fuß", sprach der Inquisitor. „Wer bist du?", fragte die Hexe, ohne auf die Anweisung einzugehen. „Ich bin der Magier des Herzogs und ich sammle das Wissen der verborgenen Welt, um es zu retten. Die Inquisition kennt keine Gnade. Dadurch, dass ich vom

Herzog als Inquisitor eingesetzt wurde, können wir das Wissen derer retten, die auf dem Scheiterhaufen verbrannt werden, um dem Recht Genüge zu tun." „Welchem Recht?!", schrie da die Hexe. „Was ist das für ein Recht, Unschuldige ins Feuer zu schicken und sich ihr Wissen anzueignen zu magischen Zwecken? Lieber sterbe ich, als dass ich dir preisgebe, was ich weiß." – „So sei es", erwiderte der Inquisitor, klopfte an die Tür, die sich sogleich auftat und hinter ihm wieder krachend ins Schloss fiel. Der Schlüssel drehte sich geräuschvoll, dann entfernten sich die Schritte und Ruhe kehrte ein.

„Oh Gott, habe ich richtig gehandelt? Ist es recht, mein Wissen mit in den Tod zu nehmen?" – „Kein Wissen geht auf ewig verloren", antwortete da eine Stimme tief in ihr. „Nur die Zeiten verschütten es. Hüte es in deiner Seele und wenn die Zeit gekommen ist, trage es wieder in die Welt. Es werden Tage anbrechen, die lichtvoller sein werden als die finsteren Zeiten des Jetzt, und dann werden alle wiederkehren, die jetzt durch die Flammen gingen in die andere Welt. Dann wird sich das Wissen wieder offenbaren, das der Magier wegschließen und zu seinen eigennützigen Zwecken und seinem Ruhm bewahren will. Sei froh und voll Frieden."

Und genau so schritt die Frau am nächsten Morgen beim Morgengrauen auf den Scheiterhaufen, mit einem Lächeln auf ihrem Gesicht und wahrer Stärke im Herzen. Denn sie wusste, dass die Liebe alles überdauert. Und der Weg ins Morgen hatte bereits begonnen.

Reise zum Goldfluss: Die Erneuerung der Welt

Es war einmal am Rande unserer Zeit in einem Land, das jenseits der Erinnerung liegt, eine Stadt aus Kristall. Dort lebten Wesen, die so ätherisch und feingliedrig waren, dass sie die Menschen heute wohl als Elfen bezeichnen würden. Doch diese Wesen glichen ihren grobgestaltigen Brüdern und Schwestern heute in Intelligenz und Wendigkeit und vollbrachten erstaunliche Werke. Ihre Städte aus Kristall funkelten und strahlten im Sonnenlicht, das sie wärmte, und verbreiteten eine Energie, die ihre feinstofflichen Schwingungen erhöhte.

In einer dieser Städte – Margula war ihr Name – lebte ein Wesen von unschätzbarem Alter und Geschlecht. Es verkörperte in sich die perfekte Harmonie und die vollkommene Balance von männlicher und weiblicher Energie. Die Wesenheit, nennen wir sie Alaia, empfand tiefe Liebe zur Schöpfung. Täglich dankte sie in meditativer Versenkung dem großen Geist, der sie schuf, für ihr Werden, Sein und ihren stetigen Wandel. Alles in ihr war und existierte in allen Ausprägungen und Formen überall im Kosmos und wie sie mit allem verbunden war und auf es einwirkte, wirkte es auch auf sie.

Eines Tages, als die Welt aus ihrer Bahn kippte und das Werden und Vergehen neue Formen annahm, ließ diese Wesenheit den Faden los, der sie mit allem verband. Sie taumelte und fiel und wurde zu Materie, die sich immer mehr verdichtete und abgrenzte. Das Gefühl der Verbundenheit wurde schwächer und in die Essenz ihres Leibes gedrängt, die ihren neuen Körper durchdrang. Von Jahr zu Jahr und Jahrzehnt zu Jahrzehnt konnte die Wesenheit sich immer weniger erinnern an die Welt, aus der sie kam.

Die Kristallstädte waren versunken und Städten aus Stein gewichen, deren Schwingung derber und erdnäher war als das kosmische Strahlen des durchsichtigen Kristalls. Die Wesenheiten beteten den Himmel und seine Gestirne an, durchdrungen von einer fernen Sehnsucht nach der Heimat, aus der sie kamen. Der Mond strahlte am nächtlichen Firmament und berührte mit seinem Leuchten ihre Herzen. Doch auch das vergaßen die Wesen im Laufe der Jahre.

Inzwischen hatte die Sonne ihren Siegeszug angetreten. Ihre heißen Strahlen verbrannten die Erde und die Liebe in den Herzen. Ein Zeitalter der Macht brach an und es war eine Macht des Geistes und des Fleisches. Die Essenz wurde dünner und verlor an Farbe und das Leuchten der Wesen wich dem Leuchten ihrer neuen Götter aus Gold und Eisen. Die Tage verblassten und die Nächte wurden länger. Die Wesen vergaßen und vermehrten sich und brachten den Krieg in die Welt. So tief waren sie in die Materie gefallen, dass Jahrtausende und Aberjahrtausende nötig waren, um ihr Vergessen zu tilgen.

Jetzt, am Anbeginn einer neuen Zeit, fallen die Fesseln des Vergessens ab von ihnen. Die Wesen werden wieder lichter und strahlen in neuem Glanz. Ihre Herzen werden weit und fühlen wieder die Verbundenheit mit allem, was lebt. Während die letzten Schergen der alten Welt einander in den Tod treiben, entsteht eine neue Wesenheit in vielen, die beginnen, sich zu erinnern. Das Strahlen kommt wieder in die Welt und sein Schwingen wird zarter. Und die Welt des Geistes und der Seele entsteht neu.

Noch ist das Werk nicht vollendet und die Zeichen stehen auf Sturm, doch das Ende ist absehbar und mit ihm ein neuer Morgen.

Reise zum Blaufluss: Die Wiedergeburt des Lichts

Am Rande unserer Milchstraße in der Galaxie des Regenbogens nahm das Licht seinen Anfang. Es breitete sich aus und brachte Millionen von Sternen zum Strahlen. Doch eines Tages sagte das Licht: „Ich will nicht mehr ständig scheinen." Und die Dunkelheit brach herein. Tag und Nacht waren geboren. Und so hatte von diesem Moment an alles seine Zeit – Licht und Schatten, hell und dunkel.

Zwischen den funkelnden Sternen spannten sich Silberfäden durch das Universum und wenn das Licht auf sie traf, schillerten sie in allen Farben. Deshalb nannte man die Galaxie „Die Galaxie des Regenbogens". Wer es verstand, auf diesen Silberfäden zu reisen, konnte in Sekundenbruchteilen quer durch das Universum fliegen und die Galaxie mit all ihren Sternen von oben betrachten.

Eines Tages sagte das Licht: „Ich will nicht nur in dieser Galaxie scheinen." Und so reiste es Millionen und Abermillionen Jahre bis ans andere Ende des Universums. Dabei traf es auf Planeten von unsagbarer Schönheit. Rote und blaue Planeten, Planeten des Feuers und des Wassers, heiß schmelzend und feucht kühlend. Planeten aus Staub und Erz und andere aus flüssigem Metall. Dem Leben schien keine Grenze gesetzt. Und als das Licht in diese Welten kam, atmeten sie auf und wurden neu geboren. Lebewesen formten sich aus Feuer, Eis und Erde und der Himmel färbte sich weiß und blau.

Da stieg das Licht empor auf den höchsten Gipfel der Erde und sprach: „Hier soll künftig mein Wohnsitz sein." Und die Wesen auf der Erde begannen, es zu verehren und ihm zu huldigen als Lebensspender. Und sie pilgerten Jahr für Jahr auf den Gipfel, um dem Licht nah zu sein und seine Kraft zu spüren.

Die Geister des Himmels und der Erde schlossen sich zusammen und ehrten das Licht und die Menschen und Tiere brachten ihm Opfer dar. Doch eines Tages wurde das Licht launisch und hochmütig, denn die Menschen hielten es für Gott und verwechselten die Schöpfung mit dem Schöpfer. Da schob sich der Mond vor die Sonne und verwandelte das Licht in einen matten Schein. Und Gott sprach: „Nur die Liebe lässt das Licht strahlen Tag für Tag, so huldigt nicht dem Licht, sondern der Liebe." Und als der Mond den Blick auf die Sonne wieder freigab, war ihr Licht strahlender als je zuvor und ihr Schein wärmte die Herzen.

Seither ist die Kälte von der Erde gewichen und das Licht lässt das Eis schmelzen und Blumen blühen. Denn die Liebe ist die Kraft des Wachstums und der Wärme, die Liebe ist Leben. – Da bedankte sich das Licht beschämt und ward an diesem Tag für alle Zeit neu geboren.

Reise zur Kristall-Kugel: Das Mädchen und die Liebe

Es war einmal jenseits von Zeit und Raum ein Mann namens Yogananda. Er lebte in einer Höhle in der Nähe eines Dorfes. Yogananda war ein Weiser, zu dem die Menschen kamen, wenn sie Hilfe brauchten, ein Guru.

Eines Tages kam ein Mädchen zu Yogananda und fragte ihn um Rat. „Meine Eltern sind sehr alt. Welchen Dienst kann ich ihnen noch erweisen, ehe sie von der Erde gehen?" – „Hast du deine Eltern geliebt?", fragte Yogananda. „Sie waren gut zu mir, so gut sie konnten", wich das Mädchen aus. „Das habe ich dich nicht gefragt", beharrte Yogananda. „Was ist Liebe?", fragte das Mädchen. „Die Dankbarkeit für mein Leben? Die Tränen in der Nacht?" – „Die Flamme, die in deinem Herzen brennt, das ist Liebe", entgegnete Yogananda. „Es brennen zwei Flammen, das stimmt, doch sie sind zart und klein und der Wind kann sie löschen, wenn ich nicht auf sie achtgebe." – „So gib auf sie acht und nimm das als letzten Dienst an deinen Eltern", sagte Yogananda und das Mädchen ging. Es pflegte und nährte die Flämmchen, bis sie wuchsen und zu einer verschmolzen, und als die Zeit gekommen war, schliefen die beiden Alten friedlich Seite an Seite ein.

Da ging das Mädchen wieder zu Yogananda und fragte: „Jetzt, da meine Eltern tot sind, wem soll ich jetzt einen Liebesdienst erweisen?" – „Was rät dein Herz?", fragte Yogananda. „Ich kann es nicht hören", antwortete das Mädchen. „So suche die Flamme in dir, halte sie in den

Himmel und frage und lausche", gab ihr Yogananda mit auf den Weg.

„Wem soll ich einen Liebesdienst erweisen?", fragte das Mädchen und blickte in die Flamme. „Sei Liebe", hörte es da die Antwort. „Die Liebe ist in allem und überall. Wenn du ihr dienen willst, dann öffne dein Herz und sei ganz Liebe. Dann wirst du Liebe ausstrahlen und in die Welt tragen." Da traten Tränen in die Augen des Mädchens und ein nie zuvor gekanntes Glücksgefühl durchströmte sein Herz. Und es ging in die Welt und war Liebe. Und die Menschen sahen es an und freuten sich und waren glücklich, ohne zu wissen, warum. Sie fühlten die Liebe und konnten gar nicht anders als ihre Herzen öffnen und die Liebe Einzug halten lassen. Und so war das Mädchen Dienerin der Liebe und die Liebe selbst und fand in der Flamme ihres Herzens, was andere vergeblich ihr Leben lang suchten.

Reise zum Blutstein: Der Spiegelsee

Der See ohne Wiederkehr hat im Laufe seiner Existenz unzählige Seelen verschlungen. Er lag im Land jenseits der Schwelle und sein Spiegelbild zog die Seelen magisch an. In ihm hofften sie, sich selbst zu erkennen und zu wandeln, um ein neues, besseres und friedvolleres Leben zu beginnen. Doch tausende und abertausende Seelen erlagen der Faszination ihres eigenen Spiegelbildes und statt sich zu wandeln und zu verändern, verliebten sie sich in das Bild und konnten den Blick nicht mehr von ihm lassen. Und so geschah es, dass die Faszination des Spiegels ihre Kreise zog in Geschichten und Legenden und der See gefürchtet ebenso wie von einer dunklen, mystischen Anziehungskraft war.

Eines Tages kam ein junger Mann an den See, der sich für seine große Liebe wandeln wollte. Im Spiegel erhoffte er sich die Antworten auf all seine offenen Fragen, wie er ihr genügen könne. Schon von weitem zog ihn der See magisch an. Seine schwarz glänzende Oberfläche lag tief und undurchsichtig im Mondlicht und schimmerte silbern. „See, du Seelenspiegel, zeig mir die Antwort auf meine Fragen", flehte der junge Verliebte. Doch als sein Blick eintauchte in die matt glänzende Oberfläche, sah er nur sich selbst und seine verzweifelten Augen. Da erkannte er, dass seine Suche hier ihr Ende hatte. Denn mit einem Mal wusste er: Seine Bestimmung war nicht, seiner Liebsten zu genügen, sondern sich selbst.

Über Jahre und Jahrzehnte war er ein Getriebener gewesen, der in den Augen der anderen die Antworten auf seine Lebensfragen gesucht hatte. Doch er hatte sie nie gefunden. Die Stimme in ihm, die ihn sanft aber stetig gemahnte, sich auf den Weg und die Suche nach sich selbst zu machen, hatte er nicht hören wollen, und eines Tages verstummte sie. So zog er weiter, von Mensch zu Mensch, von Frau zu Frau und von Liebe zu Liebe und konnte nie genügen, weil er sich selbst nicht genug war.

Und als der neue Tag anbrach am Spiegelsee fielen Tränen aus seinen Augen in das Wasser und kräuselten die Oberfläche. Das Bild verschwamm und aus den Tiefen tauchte ein neues Bild auf, das seinem Herzen ähnlich war. Für Augenblicke nur vermeinte er, ein Mädchen zu erkennen oder besser eine junge Frau, die wie eine Nixe durch das Wasser glitt. Doch dann verblasste das Bild wieder und ließ ihn allein mit seinem Spiegel.

Als der junge Mann jetzt in seine Augen blickte, erkannte er eine neue Wärme und Stärke und Zuversicht wärmte sein Herz. Er wusste, dass das, was er bisher für Liebe gehalten hatte, sich deutlich unterschied von dem, was noch vor ihm lag. Und er zog in die Welt mit offenen Sinnen und suchte nach der Frau seines Herzens, die ihn für Sekunden wie eine Fata Morgana so tief berührt hatte. Und als er eines Tages wieder nahe dem See war, beschloss er, noch einmal an diesen Ort zu gehen, um zu erfahren, wo er dieses Wesen nun finden würde.

Der See lag in der Sonne und glitzerte wie tausend Diamanten. Da versank der junge Mann ganz in diesem Anblick und erfreute sich so sehr an ihm, dass er ganz auf seine Suche und seine Frage vergaß. Und als er den Blick wieder losriss vom See und sein Gesicht der Sonne zuwandte, fand er mit einem Mal, was er nun nicht mehr gesucht hatte. Seine Augen erkannten sie und sie erkannte ihn, als seien ihre Seelen nie getrennt gewesen, und wie aus einem bangen Traum wachte er auf und führte sie nach Hause.

Reise zum Bernstein eckig: Werden und Vergehen

Es war einmal ein Feuer, das erschuf die Asche, auf der alles gedeiht. Der Regen senkte sich hernieder, löschte das Feuer und machte die Asche zu fruchtbarem Boden. Aus ihrer Mitte wuchs ein zartes Pflänzchen in den Himmel, rankte sich höher und höher, bis es die Wolken berührte. Tautropfen glitten an ihm hinab zur Erde und die Sonne hob sie wieder in den Himmel. So begann der Kreislauf von Feuer und Wasser, von Werden und Vergehen.

Als die Wasser des Lebens eines Tages am Versiegen waren, tat sich der Himmel auf und ein Wesen stieg auf die Erde, dem die Elemente gehorchen sollten. Es erschuf die Gezeiten, hieß die Ozeane über fernes Land rollen und das Feuer neues Land gebären. Im Zentrum der Erde schmiedeten die Kräfte neues Leben und die Tore des Himmels waren so offen wie die Tore der unteren Welt.

Eines Tages entbrannte ein Streit zwischen den Kräften des Feuers und des Wassers darüber, welches Element nun das lebensspendendere sei. Da erhoben sich die Geister der Lüfte und der Donner zog grollend über das Land und entzweite Himmel und Erde. Von diesem Tag an waren die Tore geschlossen und die Wasser des Himmels drangen nicht mehr an das Feuer, um es zu löschen. Doch es kocht und brodelt nach wie vor in den Tiefen der Erde und wartet auf den Tag, an dem es neuerlich seine Macht unter Beweis stellen kann.

Das Wasser des Himmels hat die fruchtbare Herrschaft angetreten, doch seine Tage sind gezählt. Wenn sie in ferner Zukunft erneut versiegen, wird sich das Feuer wieder Bahn brechen und neues Land aus der Tiefe heben. Die alten Welten werden versinken wie die Welten davor und auf die Zeit des Feuers wird wieder die Zeit des Wassers folgen, in unendlichem Wandel von Werden und Vergehen.

Reise zum Aventurin: Der Tod in ein neues Leben

In einem tiefen Wald am Ufer des Sees lebte vor langer Zeit eine alte Frau. Seit ihr Mann sie verlassen und der Krieg ihr den Sohn genommen hatte, scheute sie das Leben und wartete nur noch auf den Tod. Ihre drei Katzen und die Tiere des Waldes waren die einzigen, die es schafften, hie und da ein warmes Lächeln auf ihr Gesicht zu zaubern, doch ihre Tage waren einsam und die Nächte kalt.

Da klopfte es eines Morgens an ihrer Tür. Als sie aufmachte, stand ihr ein Mann in einem dunklen Umhang gegenüber, den schwarzen breitkrempigen Hut so tief ins Gesicht gezogen, dass sie es nur schemenhaft erkennen konnte. „Bist du bereit zu gehen?", fragte der Mann und mit einem Mal wusste die Frau, dass der Augenblick gekommen war, auf den sie all die Jahre so sehnsuchtsvoll gewartet hatte. Doch jetzt, als er vor ihr lag, war sie eigentümlicherweise gar nicht erleichtert und befreit, wie sie es immer angenommen hatte. Mit einem Male beschlich sie die Angst und die Sorge um die Katzen, die ihr um die Beine strichen, als könnten sie spüren, welch kalter Hauch in der Luft lag.

„Lass mir noch einen Tag, um die Dinge zu ordnen, bevor ich gehe", erwiderte die Frau. „Ich möchte mich von dieser Welt verabschieden und für das Wohl meiner Tiere sorgen." – „Gut. Du hast 24 Stunden. Dann komme ich wieder." Kaum hatte der Mann diesen Satz ausgesprochen, erhob sich ein Rauschen in den Baumkronen, und als die Frau ihren Blick von den

Wipfeln wieder zur Erde wandte, war der dunkle Geist verschwunden.

Da begann die Alte, Abschied zu nehmen, fegte ein letztes Mal ihre Stube, die sie so liebgewonnen hatte in all den Jahren und die ihr so vertraut war, dass sie sich mit einem Mal gar nicht vorstellen konnte, sie nicht mehr wiederzusehen. Versonnen strich sie ihren Katzen über das seidige Fell und freute sich an ihrem Schnurren, füllte ein letztes Mal die Futternäpfe und öffnete weit das Fenster. Von draußen drang ein Sonnenstrahl durch das Blätterdach bis in die Stube und zeichnete ein glitzerndes Silberband in die Luft, in dem tausende kleine Funken tanzten.

Die Frau sah die Umgebung rund um sich plötzlich, als wäre es das erste Mal, und Wehmut machte sich in ihrem Herzen breit. Da setzte sie sich auf die Bank vor ihrem Haus, stützte den Kopf in ihre Hände und weinte aus tiefster Seele.

„Warum weinst du?", hörte sie eine vertraute Stimme und als sie den Kopf hob, stand in einiger Entfernung ihr dunkler Besucher an einen Baum gelehnt. „Ich weine, weil ich jetzt in der Stunde meines Todes bemerke, dass ich all die Jahre nicht gelebt habe. Ich hatte mich so danach gesehnt, sterben zu können, dass ich keine Augen mehr hatte für die Schönheit der Natur und den Reichtum des Lebens. Jetzt, da ich gehen soll, möchte ich bleiben und alles nachholen, was ich versäumt habe."

Da zog ein Donnergrollen über das Land und Blitze tauchten den Wald in unheimliches Licht. Es war, als würden die Welten einstürzen und die Grenzen der Zeit zerbersten.

Als der Spuk ein Ende hatte, erwachte die Frau auf ihrer Bank wie aus einem tiefen Traum. Sie sah auf ihre Hände, die ein Katzenbaby auf ihrem Schoß liebkosten, und es waren die Hände einer jungen Frau. Da erschrak sie und lief ins Haus, um sich im Spiegel zu betrachten, und was sie sah, raubte ihr für Sekunden den Atem. Sie taumelte, als würde sie fallen, fing sich aber im nächsten Augenblick wieder und betrachtete, was sie nicht zu glauben gewagt hatte. Aus dem Spiegel sah ihr ein Bild entgegen, das sie vor Jahrzehnten „Ich" nannte, zu einer Zeit, als das Glück sie noch nicht verlassen hatte. Und im Zeitraffer liefen vor ihr all die Jahre ab, die sie danach vergeudet hatte, all die Momente, die sie nicht bewusst gelebt hatte, all die Begegnungen, die sie nicht wahrgenommen hatte. Durch die Tür kam ihr ihr Mann entgegen, den Sohn auf dem Arm, und wie zum ersten Mal sah sie das Glück in seinen Augen leuchten. Da erfüllte Wärme ihr Herz, ein warmes Strahlen breitete sich um sie aus und die Gewissheit, dass jetzt, am Ende, alles neu begann.

Reise zum Spiralen-Ammonit: Das Geheimnis der Verwandlung

Im Zentrum des Universums entstand alles Leben. Wie in einer riesigen Fruchtblase reifte es heran und als der Zeitpunkt der Geburt nahte, platzte die Blase und die Funken des Lebens breiteten sich im ganzen Universum aus. Wie eine riesige Spirale bahnten sie sich ihren Weg durch die Finsternis und erschufen alles, was existiert. Wirbel um Wirbel, im Kleinen wie im Großen, breitete sich vom Stillstand im Zentrum bis zum bewegtesten Rand der Spirale aus, denn alles, was erschaffen wurde, folgte dieser Form.

Alles, was lebt, rotiert, im Innen wie im Außen, als sichtbare oder unsichtbare Spiralform aus seinem Zentrum heraus und erschafft sich in jedem Moment neu. Das ist das Geheimnis der Schöpfung, der Akt, das Entstehen aller Lebendigkeit aus dem Nichts im Stillstand. Stillstand und Bewegung sind eins, so wie Licht und Schatten, hell und dunkel, Materie und Geist. Verschmolzen im Sein, gebären sie das Leben neu mit jedem Atemzug, dehnen sich aus, ziehen sich zusammen, kreisen umeinander und sich selbst.

Alles Leben ist Bewegung, Stillstand ist Tod und neue Schöpfung zugleich. Nur wenn die Bewegung niemals endet, endet auch nicht das Leben. Was erstarrt, stirbt und gebiert sich neu, um wieder zu leben. Das ist das Geheimnis der Verwandlung. Die Kreise schließen sich am Ende des Lebens und am Ende aller Tage. Die totale Verschmelzung ist das Ende der Zeit und der Stillstand der Verwandlung. Der ewige Tod, der das ewige Licht in sich trägt, doch die Dunkelheit gebiert. Erst wenn Licht und Dunkel aufhören zu existieren und verschmelzen, endet der Wechsel der Gezeiten, endet die Welt der Polaritäten und des Wandels.

Wenn das Universum zum Stillstand kommt und die Kräfte sich umkehren, in sich zusammenstürzen, wird alles enden, wie es begann: im Zentrum des Seins.

Reise zum Achat: Tage der Reinigung

Jenseits von Zeit und Raum, wo die Wasser des ewigen Lebens fließen, leuchtet das Licht der Seelen heller als der hellste Tag. Die Feuer sind warm, nicht verzehrend, die Lüfte tragen wie die Erde und die Macht der Liebe verbindet alles wie ein unsichtbares Band.

Das Aufflackern der Seelen erhellt zuweilen auch uns den Tag, wenn Stürme über das Land ziehen und die Erde dunkel und bedrohlich erscheint. Das sind die Tage der Reinigung, wenn sich das Oberste zuunterst kehrt und das Innerste nach außen. Die Wasser des Lebens waschen rein, lösen und binden, in der ewigen Alchemie des reinen, wahren Seins. Der Funke im Herzen brennt wie das ewige Feuer, verschmilzt, was eins ist, und lässt es leuchten wie nie zuvor.

Die glutheißen Lavaströme durchqueren die Dunkelheit, nehmen neue Formen an, fließen und erstarren. Weich und hart, flüssig und fest sind zwei Seiten einer Medaille. Lass die Wasser des Lebens fließen und mit sich nehmen, was erstarrt ist in Härte.

Kein neues Ufer sprengt die Fesseln so, wie alte Liebe.

Reise zum Tigerauge: Der Flug des Bussards

In einem Land, wo Milch und Honig flossen, schnitt ein Fluss ein tiefes Tal in die Landschaft. Links und rechts von ihm ragten schroff die dunkelbraunen Wände empor und ließen nur wie ein schmales Band den Blick auf den Himmel frei. Auf diesem sonnenbeschienenen Fluss paddelte ein Mann langsam mit seinem Boot durch die unwirtliche Landschaft. Die Hitze versengte seine Haut und kein Geräusch, außer dem Plätschern des Wassers, drang an seine Ohren.

Da durchbrach der Schrei eines Raubvogels die meditative Stille und der Mann wandte seinen Blick zum Himmel. Über seinem Kopf kreiste ein Bussard, ließ sich vom Wind tragen, schwebte, glitt durch die Lüfte, um dann im nächsten Augenblick wie ein Pfeil vom Himmel zu stürzen und in die Fluten zu tauchen. Wenige Meter vom Boot des Mannes entfernt stieß der Vogel ins Wasser und erhob sich Sekunden später wieder mit einem Fisch im Schnabel.

„Wie kann der Vogel hoch am Himmel wissen, wo der Fisch auf ihn wartet?", schoss es dem Mann durch den Kopf. „Alles ist mit allem verbunden. Sein Innerstes zieht ihn hinab, der Fisch ist ein Teil von ihm und vereinigt sich mit ihm im Flug, im Gleichklang der Seelen."

„Aber schließen Tod und Zerstörung nicht den Gleichklang der Seelen aus?", fragte der Mann weiter. „Nein, alles ist Werden und Vergehen. Und der Fisch verlässt dieses Leben, wenn er dazu bereit ist. Körper sind nur

Fleisch und Blut, aber die Seele steigt auf wie der Bussard, der über deinem Kopf kreist."

Da war der Mann glücklich und spürte mit einem Mal eine nie gekannte Leichtigkeit in seinem Körper. Als würde sich seine Seele gleichermaßen erheben, sah er plötzlich das Tal und den Fluss von weit über sich und wie einen kleinen Punkt sein Boot inmitten der Fluten. Der Bussard umkreiste ihn, zog ihn an, als wolle er ihm den Weg durch die Lüfte zeigen, und gemeinsam flogen sie in das warme Licht der untergehenden Sonne.

Reise zum Türkis: Die Reise des Tautropfens

Es war einmal ein Wasserfall, der stürzte vom Gipfel eines Berges in die unendliche Tiefe. Seine Tropfen stoben wie leuchtende Funken im Sonnenlicht auseinander, vereinigten sich wieder und trafen sich zu einem stürzenden Strom, der in ein türkisfarbenes Becken mit Wasser mündete. Wenn man davor stand, konnte man keinen Anfang der rauschenden Flut erkennen, wenn man vom Gipfel des Berges in die Tiefe sah, offenbarte sich sein Ende nicht.

In diesem Fluss lebten Wesen, die Ihr Wassergeister nennen würdet, und Sylphen von fast gläserner Gestalt. Sie tanzten ihre Reigen in Wirbeln aus kristallklarem Wasser und wenn sie durch die Lüfte stoben, erinnerte ihr Flug an eine Verfolgungsjagd von kindlicher Unbeschwertheit.

Eines Morgens mischte sich ein Tautropfen in den ausgelassenen Tanz und fand sich plötzlich am Rande des Wasserfalls wieder. Im Bruchteil einer Sekunde erkannte er sein nahes Ende, sein pulverisiertes Los als tausend sprühende Fünkchen. Die Sylphen rings um ihn stürzten sich jauchzend in die Tiefe, ihrem Schicksal ergeben und mit der Leichtigkeit ihres ganzen Seins. Doch der Tautropfen hing an seiner Form und wollte sie nicht loslassen.

„Worauf wartest du?", fragte eines der zarten Wasserwesen im Vorüberschweben. „Auf mein Ende", entgegnete der Wassertropfen. „Dein Ende als Tautropfen ist der Beginn von etwas ganz Neuem", hallte es ihm da von all den sprühenden Fünkchen rings um ihn entgegen. „Wenn du deine begrenzte Form loslässt und aufgehst im großen Strom, wirst du zum Strom. Du wirst zu etwas Größerem, Vollkommenerem, ein Teil der Ewigkeit."

Da gab der Tautropfen seinen ganzen Widerstand auf und ließ sich fallen. Und rings um ihn tanzte ein Regenbogen aus Licht. Ein Sprühnebel aus sonnendurchfluteten Fünkchen stob auseinander und schlug über ihm zusammen in einer Welle von ungeheurer Macht und Stärke. Der Strom riss ihn mit sich, er stürzte in eine nie enden wollende Tiefe und als er ganz eins war mit dem Gefühl des Fallens, traf er auf und vereinigte sich mit einem See aus tiefem, klarem Quellwasser. Er tauchte ein in die tiefsten Tiefen des Beckens, wurde wieder nach oben geschwemmt und spannte gemeinsam mit anderen Wassertropfen ein spiegelndes Netz über die Oberfläche des Sees.

Als er gerade völlig aufging in dem Gefühl des Einsseins, da packte ihn eine unsichtbare Hand, hob ihn in die Lüfte, der Sonne entgegen, über den Gipfel des Berges hinaus und bis in die höchsten Wolken. Umgeben von wattegleichen Wasserflöckchen schwebte er nun durch den Himmel, betrachtete die Welt von oben und fühlte sich rundherum glücklich. Doch als er gerade völlig in dem Gefühl des schwerelosen Schwebens aufging, riss der Donner ihn aus den Wolken und mit einer Geschwindigkeit, die jene des Wasserfalls bei weitem übertraf, stürzte er in die Tiefe, der Erde zu. Dort traf er mit tausenden anderen Tropfen die Erdschollen eines Ackers und als er langsam im Boden versickerte, bemerkte er die Samen und Wurzeln, die gierig auf das nährende Nass warteten.

Als der nächste Frühling kam, wuchs der Wassertropfen wieder der Sonne entgegen, doch diesmal als Teil einer Pflanze, die ihre Blätter emporreckte. Und mit zunehmendem Saft wuchs sie ihrem Ende entgegen und zugleich einem neuen Anfang.

Reise zum Opal: Vertrauen und Liebe

Im Palast der 1000 Farben, wo sich die Winde und Wasser treffen, lebte vor langer Zeit ein Zauberer. Im tiefsten Innersten seines Herzens war er unglücklich und so suchte er Rat bei seinen Helfern in der geistigen Welt. „Was kann ich tun, um wirklich aus tiefstem Herzen glücklich zu sein?", fragte der Zauberer. „Was ist Glück für dich?", folgte prompt die Gegenfrage. „Glück ist die Abwesenheit von Schmerz, das Werden und Vergehen ohne Sorge, ein Zustand des Vertrauens und der Liebe." – „So suche Vertrauen und Liebe, um zum Glück zu gelangen", rieten ihm seine Helfer.

Und der Zauberer zog in die Welt mit der Sehnsucht im Herzen. Jahre später kam er zurück, durstig nach Vertrauen und Liebe wie zuvor und noch ein Stück unglücklicher. Wieder wandte er sich an seine geistigen Helfer. – „Warum bist du hinausgezogen in die Welt?", wollten sie wissen. „Wo sonst finde ich Vertrauen und Liebe?", fragte der Zauberer erstaunt. „In dir selbst liegt der ganze Kosmos, also auch Vertrauen und Liebe. Du brauchst dich nur dafür zu öffnen und an die Möglichkeit zu glauben und alles, was du suchst, wird wahr."

Da überflutete den Zauberer eine Welle der Dankbarkeit und Tränen stiegen in seine Augen und öffneten sein Herz. Mit einem Mal erkannte er sich selbst eingebettet in ein Meer aus Liebe und das Vertrauen, wann immer er es wollte, darin baden zu können, kam wie ein warmer Ozean über ihn. Und fortan suchten die Menschen seine Nähe und

Antworten auf ihre Fragen bei ihm. Doch der Zauberer wies ihnen nur den Weg in ihr eigenes Innerstes, in ihr Meer aus Vertrauen und Liebe.

Reise zum Rauchquarz: Die Liebe

Es war die Zeit der großen Nebel, als Aranuk in seinem Kanu durch die Eislandschaft paddelte. Die Schollen umspülten sein Boot und leise dampfend stiegen die Nebelschwaden aus dem Wasser zum Himmel empor.

Aranuk paddelte ohne Ziel. Seine innere Stimme hatte ihn auf den Weg gebracht und er hatte sich angewöhnt, auf seine innere Stimme zu hören. Mit klammen Fingern hielt er das Paddel und ruderte in Richtung Norden.

Die Sonne bahnte sich strahlenweise ihren Weg durch die dichte graue Decke, die über der Landschaft lag, und Aranuk sah versunken dem flirrenden Lichtschein zu, der ihm entgegenleuchtete. „Wo ist der Anfang der Welt und wo ist ihr Ende?", fragte er sich mit einem Mal. „In deinem Herzen", antwortete die Stimme. „Und wo ist der Anfang und das Ende meines Herzens?" – „In Gott." – „Aber was ist Gott?", wollte Aranuk wissen. „Du fragst nach dem Unaussprechlichen. Das Namenlose lässt sich nicht benennen, das Sprachlose nicht in Worte fassen. Gott ist Liebe." „Aber ist Liebe nicht menschlich?", fragte Aranuk weiter. „Nicht die Liebe, die ich meine. Sie ist ewig. Sie ist der Strahl in der dunklen Nacht, der Strom, der warm durch dein Herz fließt, das Leuchten in deinen Augen und der Puls, der schneller wird. Sie ist das Gefühl, das alles verbindet, die Kraft hinter deiner Kraft, das Strömen des Lebens, wenn es sich fügt. Vertraue und du bist in der Liebe."

Da wusste Aranuk, dass er das Ziel seiner Reise erreicht hatte, wandte das Boot, dankte seiner inneren Stimme und paddelte heim.

Reise zum Sodalith: Der Kampf der Mächte

In den Tiefen des Meeres, wo die Wasser kein Ufer kennen, ruht der verborgene Schatz des Wissens. Türen und Tore haben sich geschlossen, als die Zeiten des Reichtums und der Weisheit zu Ende waren. – Die Söhne und Töchter von Atlantis hatten ihr Erbe verraten.

Nun ruhen die Säulen im Sand und warten auf die Wellen, die sie freispülen zum richtigen Zeitpunkt. Die Söhne und Töchter kehren wieder und beginnen, sich zu erinnern, und Friede zieht in die Herzen ein, ein Friede aus alten Tagen. Doch die Wellen spülen auch hoch, was den Untergang verursacht hat: Macht, Neid und Missgunst, Kräfte, aus Schatten geboren, jenseits des Lichts. Der Kampf der Mächte beginnt aufs Neue und die Herzen frieren.

Keine Angst, Söhne und Töchter von Atlantis, der Weg ist nicht mehr weit und die Heimkehr liegt in naher Ferne. Wer die Zeichen zu lesen vermag, findet, was gefunden werden soll, zum rechten Zeitpunkt. Die Kreise schließen sich und die Mächte des Lichts können über die Dunkelheit triumphieren am Ende der Tage. Doch die Sehnsucht der Herzen darf nicht erlöschen und muss sie weitertragen, bis ein neuer Anfang getan ist. Dann können die Uhren zum Stillstand kommen und neue Zeiten anbrechen, die den alten nahe kommen in der Heimat am Anbeginn der Tage.

Reise zum Mondstein: Verbundenheit

Der volle Mond stand glänzend am Himmel, als Ararat von der Jagd nach Hause kam. In seinem Schultersack aus Fell trug er die Beute des Tages: ein kleines Kaninchen, eine Beutelratte und eine Springmaus.

Als er die Tür zu seiner Hütte aufstieß, schlug Ararat die Wärme des Tages entgegen, die noch in den Wänden hing. Er warf den Sack zu Boden, entledigte sich seines Umhangs und hielt für einen Moment inne.

Gerade, als er beginnen wollte, die erlegten Tiere zu zerteilen, hörte er ein Geräusch vor dem Haus. Er legte das Messer beiseite, öffnete die Tür und starrte in die silbrig erhellte Dunkelheit. Von fern schrie ein Käuzchen, sonst lag der Wald regungslos und still vor ihm.

Ararat schritt über die Holzterrasse auf die Wiese und entfernte sich ein paar Schritte vom Haus. Ein Gefühl des inneren Friedens hüllte ihn ein, eine Geborgenheit, die er schon lange nicht gespürt hatte. „Ich bin bei dir, Ararat", hörte er plötzlich die Stimme seiner Mutter in sich und sie war so nah, dass er sich abrupt umwandte, weil er vermeinte, sie müsse hinter ihm Gestalt angenommen haben. Doch der Wald lag dunkel und geheimnisvoll wie zuvor rings um ihn. „Hab keine Angst, Ararat. Ich bin immer da, wenn du mich brauchst. Auch wenn du mich nicht sehen kannst", sagte die Stimme.

Da traten Tränen in Ararats Augen und die Rührung und Liebe in seinem Herzen brachen sich Bahn und überfluteten sein ganzes Wesen. „Mutter, warum hast du mich so früh verlassen?" Ararat schluchzte in die Dunkelheit. Die Sehnsucht, für Momente nur wieder ihre Hand zu halten, schnürte ihm die Kehle zu. „Meine Aufgaben sind nicht in dieser Welt", antwortete die Stimme. „Doch die Kinder meines Herzens sind immer mit mir verbunden, wo ich auch bin."

Ararat spürte die tiefe Wahrheit dieser Worte. Wie oft hatte er schon an seine Mutter gedacht, wenn er allein durch den Wald gestreift war, gewiss, sie an seiner Seite zu spüren. Und doch war sie körperlich nicht da. „Wir brauchen keinen Körper, um einander nah zu sein. Unsere Leiber sind ewig, über den Tod hinaus. Das wahre Reich ist nicht von dieser Welt. Unsere Heimat ist jenseits der Schranken von Zeit und Raum." Ararat nahm diese Worte mit einem tröstlichen Gefühl im Herzen auf und als er den Blick hob, zog ein feiner Nebelschleier von der Lichtung im Wald dem Mond entgegen, hinaus in die Nacht.

Reise zum Lapislazuli: Alaias Offenbarung

Die Sterne glitzerten am Firmament, als Alaia die Reise vom großen Berg talwärts antrat. Der Himmel lag wie eine dunkelblaue Samtdecke über der Landschaft und die Wälder rauschten im Abendwind. Totenstille senkte sich über das Land, das Flüstern verstummte und je weiter sie hinabstieg, desto tiefer senkte sich die Dunkelheit auf sie hinab.

Das Kreuz des Südens strahlte ihr entgegen und fesselte ihre Aufmerksamkeit. Alaia konnte kaum ihre Augen von dem Sternbild abwenden. Es zog ihre Blicke magisch an, zog sie empor, hinein in die Tiefe des Universums. Plötzlich fand sich Alaia in einem rasenden Tunnel aus Sternenstaub wieder. Das Kreuz des Südens kam näher und näher und gleichzeitig verlangsamte sich der rasante Flug und Ruhe kehrte ein.

„Willkommen, Alaia, wir haben auf dich gewartet", empfing sie eine Stimme aus dem Nichts. „Die Nächte sind gezählt, ehe die Tage der Dunkelheit sich ihrem Ende zuneigen. Gehe ins Licht und siehe."

Da tat sich der Himmel auf und ein strahlendes Gleißen empfing Alaia und ein Singen und Summen wie aus tausend Engelskehlen. Alles war Klang und klingendes Licht und ein Gefühl des tiefen Friedens und der Ruhe lag in dem Gleißen. Alaias Herz wurde weit und immer weiter. Sie nahm das gesamte Universum und all seinen Glanz, Klang und sein Leuchten in sich auf. Der Friede hüllte sie ein und wärmte ihren Körper und sie ging ganz in diesem Gefühl auf.

Nach einer Zeit, die ihr schien wie Äonen von Jahren und doch wie ein Augenblick, erwachte Alaia wie aus einem tiefen Schlaf. Die Landschaft lag dunkel und schweigend unter ihr und das Kreuz des Südens leuchtete ihr am Firmament wie ein Zeichen des Friedens entgegen. Alaia setzte ihren Abstieg ins Tal fort und das Gleißen war fortan immer in ihr, wohin sie auch ging.

Reise zum Amethyst-Druse: Einzigart

Es war einmal in einem Land jenseits unserer Zeit ein Junge, der hatte keinen Namen. Seine Haut war wie blankes Eis und seine Augen leuchteten wie das Abendrot. In seinem Herzen trug er einen Diamanten, der glühte und pulsierte wie das Blut in unseren Adern. Doch der Junge war traurig, denn er kannte keine Gesellschaft. Da zog er eines Tages aus, um die Welt kennenzulernen und ein anderes Leben.

Der Junge zog über die Berge und durch Wälder, traf Gnome und Waldfeen, doch niemand seinesgleichen. Da wurde er noch trauriger. „Kann es sein, dass niemand sonst auf der Welt so ist wie ich?", fragte er sich tief im Herzen?" – „Du bist einzigartig", kam die Antwort wie von weit her. „Wenn du dich in den anderen suchst, musst du versagen, denn keiner ist wie du. Wachse und lerne durch die Gesellschaft anderer und sei offen für das Neue, Andere. Erst dann wirst du deiner Bestimmung gerecht."

Da zog er weiter in die Welt, traf Menschensöhne und -töchter, Geister und Wesen aus anderen Dimensionen. Niemand war wie er, doch fortan ging er staunend durch die Welt und entdeckte Tag für Tag Neues. Und der Diamant in seinem Herzen wuchs und leuchtete noch heller und sein Strahlen wärmte seine Seele. Die Liebe zu den anderen Menschen und Wesen wuchs und sein Staunen wandelte sich in Verstehen.

Und eines Tages fühlte er sich nicht mehr allein, sondern eins mit allem, als Facette des unteilbaren

Ganzen, ein Glitzern im Leuchten der Sonne, die alles umstrahlt.

Reise zum Pyrit: Bestimmung

Die Sonne ging gleißend wie Feuer am Horizont unter. Blau wölbte sich der Himmel und alle Schattierungen von Gelb bis Rosa umspielten die Abendsonne. Von fern näherte sich ein Reiter, als wäre er direkt dem Feuerball entstiegen, und trabte mit seinem Schimmel durch die einsame Landschaft. Die Wiesen und Felder lagen schweigend im Abendrot und die Vögel kreisten durch die Lüfte auf der Suche nach ein paar Insekten.

Der Reiter brachte sein Ross zum Stehen und ließ es auf der Wiese grasen. Warm legte sich der Abendwind auf seine Haut und wie ein Flüstern drang sein Gesang an sein Ohr. „Sei mir gegrüßt, Fremder." Der Reiter wandte sich um, konnte aber niemand erkennen. „Du kannst mich nicht sehen, ich bin ein Teil von dir", sprach die Stimme weiter. „Du hast mich vergessen, vor langer langer Zeit, aber ich begleite dich, wohin auch immer du ziehst." – „Und was ist deine Aufgabe?", fragte der Reiter. „Ich beschütze dich vor dir selbst. Wann immer du auf deine Bestimmung vergessen solltest, trete ich auf den Plan und erinnere dich daran, und wenn du nicht mehr weiterweißt, zeige ich dir den Ausweg."

„Dann sag mir, was ist meine Bestimmung in diesem Leben?", wollte der Mann wissen. „Ziehe hinaus ins Licht und lasse dich jeden Tag aufs Neue vom Leben überraschen. Jede Begegnung, jede Aufgabe, die sich dir stellt, ist von dir selbst vorherbestimmt und Teil des großen Plans. Erfülle deine Aufgaben, ohne zu murren, dann wirst du ernten, was du gesät hast." – „Aber wenn die Mühsal mich zu Boden drückt und ich keinen Ausweg mehr sehe?" – „Gott in dir sieht den Ausweg und all die Mühe lohnt sich. Auch wenn du den Sinn hinter den Dingen nicht gleich erkennen kannst. Lass dich nicht abbringen von deinem Weg, wie steinig er auch sein mag. Die Prüfungen, die dir begegnen, schärfen deine Sinne und nichts geschieht zufällig. Sei frohen Mutes und nimm die Herausforderung an, ohne zu klagen. Dann wirst du die Unterstützung finden, die du brauchst."

Da dankte der Reiter seiner inneren Stimme, wendete sein Pferd und ritt langsam auf den Horizont zu, direkt hinein in die untergehende Sonne.

Reise zum Obsidian: Der Engel der Liebe

Ein leuchtender Engel stieg vom Himmel und suchte seinen Platz, um die Liebe in die Welt zu bringen. Dunkel lag die Nacht vor ihm und er erleuchtete mit seinem inneren Licht die Finsternis. Da trat ein Mädchen aus einem der Häuser unter ihm, wandte den Blick zum Himmel und stand sprachlos staunend vor dieser Welle aus wogendem Licht. „Wer bist du?", fragte das Mädchen. „Ich bin der Bote des Lichts, das die Dunkelheit aller Menschen erhellt, wenn sie es nur wollen. Wer reinen Herzens ist und die Augen öffnet für das Schöne in der Welt, der wird dieses Licht finden, denn es ist immer da." – „Und warum kommst du gerade zu mir?", wollte das Mädchen weiter wissen. „Dein Herz hat mir den Weg gewiesen. Du hast mich gerufen, quer durch die Nacht. Was kann ich für dich tun?"

Da brach das Mädchen in Tränen aus und schluchzte: „Meine Mutter ist schwer krank und niemand kann ihr helfen, nur ein Wunder." Der Engel spürte die tiefe Sorge des Kindes, legte ihm die Hand auf die Schulter und sprach: „So führe mich zu deiner Mutter in die Stube." Das Mädchen tat, wie ihm geheißen war, und der Engel trat ein. Das Zimmer roch nach fauliger Erde, dem Geruch des Todes, und aus allen Ritzen und Ecken kroch die Dunkelheit.

„Was hat diese Frau verbrochen, dass sie so leiden muss?", fragte sich der Engel. „Ihr Leben war die Abwesenheit von Licht", hörte er die Antwort. „Hoffnung ist ihr fremd und die Liebe hat sie vors

Haus gesperrt aus Angst vor der Verletzung." Da bekam der Engel Mitleid mit diesem Wesen. Er berührte ihre Wange wie ein Windhauch und strahlte Licht in ihr Herz. Mit einem Mal öffnete die Frau die Augen, als würde sie aus einem tiefen Schlaf erwachen und die Welt zum ersten Mal im Licht sehen.

„Mein Kind, wie lange habe ich geschlafen?", fragte sie mit noch schwacher Stimme, doch ihre Wangen röteten sich bereits und das Strahlen der Seele kehrte in ihre Augen zurück. Das Mädchen war unfähig zu sprechen. Tränen rollten ihm über die Wangen und tiefe Dankbarkeit bewegte sein Herz. Doch als es aufsah, um dem Engel zu danken, war dieser längst verschwunden, auf zu einem Platz, der wie dieser des Lichts bedurfte.

Reise zur Tigermuschel: Die Sehnsucht des Herzens

Es war im Wald ohne Wiederkehr, da sandte ein Mann seine Sehnsucht aus, direkt zu den Sternen. „Ach schickt mir die Frau, die mein Leben heiter und froh macht, und ich will nie wieder klagen oder etwas wünschen." Sein Wunsch verhallte im All und der Mann ging seines Weges.

Jahre verstrichen, doch die ersehnte Frau wollte und wollte nicht in sein Leben treten. Da wurde der Mann traurig und verbittert und haderte mit Gott. „Habe ich dir nicht immer treu gedient? War ich nicht ein guter Mensch und habe niemand etwas Böses zuleide getan? Warum erfüllst du mir nicht meinen Wunsch?" – „Dein Wunsch ist nicht ungehört verhallt", empfing der Mann da die Botschaft. „Doch Zeit und Raum existieren nur in dieser Welt. Was dir endlos scheint und wie Jahre, ist in der Unendlichkeit nur ein Atemzug. Habe Geduld und Vertrauen, dass im rechten Augenblick geschieht, was geschehen soll."

Da ging der Mann weiter seines Wegs, bewegt von dieser Erscheinung, und die Zeit heilte allmählich seine Wunden. Er hörte auf zu fragen und zu hoffen und schließlich auch zu warten und lebte friedlich und zufrieden sein Leben. Eines Tages, als er schon nicht mehr an seinen Wunsch dachte, klopfte es an seine Tür und vor ihm stand ein Mädchen, das er oft und oft in seinen Träumen gesehen hatte. „Komm mit mir, ich führe dich zu einem Platz, wo alle Sehnsucht deines Herzens erfüllt werden wird."

Der Mann folgte ihm, ohne zu zögern, in den Wald und auf einer Lichtung sah er ein Wesen, so rein und schön, als wäre es eben vom Himmel gefallen. Da fühlte der Mann tief in seinem Herzen, dass er endlich angekommen war. All sein Sehnen hatte einen Namen und seine Liebe ein Haus, um darin zu wohnen. Das Wesen verschmolz mit ihm in einem ewigen Tanz und tausend Seraphim jubelten und sangen. Und fortan lebte der Mann in einer Welt zwischen Himmel und Erde, wo die Sehnsucht ihr Ziel findet und alles Glück der Welt sich erfüllt.

Reise zum Spiralstein: Liebe öffnet die Herzen

Es war einmal ein Stein, der ließ die Menschen träumen. Wer den Blick auf ihn richtete, konnte sehen, wozu er sonst nicht fähig war. Eines Tages kam ein Mädchen in den Wald, in dem der Stein seinen Platz hatte. Es setzte sich zu ihm und versank völlig in seinem Anblick.

„Stein aller Steine, lass mich in sein Herz sehen", flehte es und ein Strahl aus Sehnsucht glitt aus seinen Augen. Da öffnete sich ein Bild vor ihm in tausend bunten Farben, rot und rosarot, ein Strömen und Pulsieren aus Blut und Licht, und Wärme durchflutete sein Herz. Indem es ihn erkannt hatte, erkannte es sich selbst, und wie Schuppen fiel es ihm von den Augen, dass nur die Liebe die Herzen öffnet, kein Begehren, Jammern oder Flehen. Und da beugte es sich dankbar über den Stein, der ihm das Herz und die Augen geöffnet hatte, küsste ihn und ging hinein in ein neues Leben.

Reise zum Rauchquarz 2: Das Land der Sehnsucht

In einem Land, wo die Sonne niemals unterging, herrschte ein Zauber, dessen Name war Sehnsucht. Niemand im ganzen Land konnte sich der Sehnsucht entziehen und alle litten Qualen, weil sie sich ständig nach etwas sehnten, was fern von ihnen war. Nach geliebten Menschen, Reichtum, Glück, Nähe und vielem mehr.

Da kam eines Tages ein weiser Mann in dieses Land, der als einziger dem Zauber nicht erlag, weil er mit dem Herzen sah. Sein Blick war klar und rein und er schaute den Bewohnern des Landes bis tief in ihre Seelen. „Was können wir tun, um den Qualen der Sehnsucht zu entfliehen?", fragten ihn die Menschen. „Seht die Schönheit der Gegenwart", antwortete der weise Mann. „Wenn ihr erkennt, wie reich ihr seid in euren Herzen, sehnt ihr euch nicht mehr nach materiellem Reichtum. Wenn ihr seht, wie rein und klar die Liebe Gottes in euch brennt, sehnt ihr euch nicht mehr nach der Liebe eines Menschen und könnt sie aus ganzem Herzen genießen und als das nehmen, was sie ist: ein Geschenk."

Da wurden die Menschen sehr nachdenklich und verließen schweigend das Haus des Weisen. Seine Worte hatten ihre Herzen berührt und so begann der Zauber allmählich zu verblassen und die Sehnsucht hatte keinen Boden mehr, auf dem sie gedeihen konnte. Die Liebe hielt Einzug in die Herzen der Menschen und füllte die Leere und von Tag zu Tag kehrte das Strahlen zurück in ihre Augen. Die Sehnsucht wich der

Dankbarkeit und Freude und die Gegenwart siegte über die Vergangenheit und Zukunft.

Niemand sehnte sich mehr nach einem besseren Morgen oder Gestern, denn das Jetzt war die Erfüllung, auf die sie immer gewartet hatten. Und allmählich kehrte Friede ein im Land ohne Sonnenuntergang und der Weise zog weiter in ein neues Land jenseits des Horizonts, wo der Morgen des ersten Tages dämmerte.

Reise zur Schwanenfeder: Der Blick auf die Welt

Auf einem See in der unteren Welt lebte ein Schwan, der hatte eine Botschaft für die Menschen. Wer immer den Weg zu ihm fand, kehrte glücklich und zufrieden zurück und stellte keine Fragen mehr. Das Leben führte viele Seelen in die Welt des Schwans und alle erhielten eine Botschaft, die ihre Herzen mit Freude erfüllte.

Eines Tages kam ein junges Mädchen in die untere Welt und kniete bewundernd am Ufer des Sees nieder, auf dem der Schwan seine Kreise zog. „Lieber Schwan, schenk mir Gehör. Die Welt ist ein kalter und unwirtlicher Ort und ich finde in ihr keine Freude mehr. Kannst du mir helfen?"

Da segelte der Schwan langsam näher, betrachtete das Mädchen lange stumm und eingehend und setzte dann zum Sprechen an: „Hüte dich, die Freude aus deinem Herzen zu verbannen, denn damit machst du die Welt selbst zu einem unwirtlichen Ort. Die Welt ist das, was du in ihr siehst. Du entscheidest, ob du Freude und Glück sehen willst oder Kummer und Leid. Richte den Blick auf das Licht und du siehst nicht mehr die Schatten. Dann kann dein Herz sich weiten und das wahre Glück finden."

Da senkte das Mädchen still und beschämt das Haupt und Trauer floss aus seinem Herzen direkt in den See. Die Wasser nahmen die Flut auf und trugen sie fort und das Herz des Mädchens wurde reingewaschen von Kummer und Leid. Und als es zurückkehrte in die Welt, schien die Sonne und umfing es warm. Und mit einem Mal entdeckte das Mädchen ein Strahlen rings um sich, das es schon lange nicht mehr wahrgenommen hatte. Und strahlend ging es fortan auch durch die Welt und fand in ihr Freude und Glück.

Reise zur großen Muschel: Du

Es war einmal im Land des Regenbogens ein Du ohne Namen, das holte die Dunkelheit ins Licht, jeden Tag aufs Neue. Da kam das Ich, entkleidete das Du bis auf die Knochen und sprach: „Du bist Ich. Wenn Du nicht Ich bist, liebe ich Dich nicht." Und das Du wurde Ich, das Ich verlor sich im Du, bis die Dunkelheit wieder ins Land zog.

Da erkannte das Ich, dass es nur im Du das Licht zu finden vermag, das seine Dunkelheit erhellt. Es gab dem Du seine Kleider zurück und einen Namen, den es fortan in die Welt trug: Liebe.

Reise zur Rose: Der Lauf der Dinge

Ein Herz voll Liebe öffnete sich der Zeit, um sie am Vergehen zu hindern. Augenblick für Augenblick hüllte es ein in Wärme und die Zeit räkelte sich behaglich und verlangsamte ihren Lauf. Doch eines Tages, als die Zeit es sich in der Liebe schon wohnlich eingerichtet hatte, grollte ein Donnerschlag und erschütterte die satte Idylle. Plötzlich war nichts mehr wie zuvor.

Die Wände des Herzens wurden rissig und die Zeit verrann, als hätte es keinen Boden. „Du kannst den Lauf der Zeit nicht aufhalten", tönte eine Stimme im Herzen. „Es ist der Lauf aller Dinge auf dieser Welt. Das Werden und Vergehen macht auch vor der Liebe nicht halt und nur Veränderung ist Leben."

Da war das Herz betrübt und hatte Angst, die Liebe zu verlieren, doch die Stimme sprach: „Wahre Liebe ist ewig und in allem. Nur was die Menschen als Liebe bezeichnen, hält dem Leben selten stand. Ihr Wünschen und Wollen tötet die Liebe, die nur in Freiheit gedeihen und wachsen kann."

Da erfüllte das Herz eine große Freude und Friede breitete sich aus. Und die Zeit legte sich schlafen bis zum nächsten Morgen und dem nächsten Lauf der Dinge.

Reise zum Mandala: Der Tag der Liebe

Der tausendblättrige Lotus entblätterte sich eines Morgens und gab all seine leuchtende Pracht frei. „Es ist der Tag des Feierns", raunten sich die Geister freudig zu. Der Elfenhain funkelte im Licht der aufgehenden Sonne, deren Strahlen sich in jedem einzelnen Tautropfen spiegelten. „Dein Herz sei weit und voll Freude", tönte es durch den Hain, „denn der Tag bricht an, der die Liebe in die Herzen tragen wird."

Da setzte ein großer Trubel ein und die Elfen flatterten aufgeregt von Blüte zu Blüte, um die Neuigkeit zu verkünden. Der Tag der Liebe! – Welch ein Leuchten ging durch die Augen, als sich die Kunde verbreitete. Wie lange hatten sie alle darauf gewartet!

„Das Warten hat sich gelohnt. Habt noch ein wenig Geduld, dann zieht der nächste Frühling ins Land und die Welt wird sich wahrhaft wandeln. Der Anfang ist gemacht."

Der Lotus schloss allmählich wieder seine Blüte, die Sonne verbarg sich hinter einer Wolke, doch die vorüberziehenden Schatten taten der allgemeinen Freude keinen Abbruch. Wer die Liebe lebt, wird sich wahrhaft wandeln! Diese Botschaft zog fortan um die Welt und die Feenwiese war ihre Heimat. Dort, wo alles begann, war die Wiege der Menschheit und ihr Fortbestand war nun gesichert – durch die Kraft der Liebe.

Reise zum Heilungs-Stein: Die weise Alte

Es war einmal ein kleines Mädchen, das zog durch die Welt und fand keinen Frieden. Es suchte eine Aufgabe und die innere Sehnsucht war sein Führer. Eines Tages kam es zum Eingang einer Höhle, wo eine alte, weise Frau auf es wartete. „Ich bin deine Zukunft", sagte die Alte, „tritt ein und wir werden zu einer verschmelzen." Doch das Mädchen hatte Angst, verabschiedete sich wieder und zog noch viele weitere Jahre durch die Welt.

Eines Tages stand es, mittlerweile zur Frau gereift, wieder am Eingang der Höhle im Wald. Die Alte war weit und breit nicht zu sehen, also fing die Frau an zu rufen. Mit bangem Herzen hoffte sie, ihr Bemühen würde Erfolg haben. Und wirklich. Kurz darauf trat die Alte aus der Höhle. „Ich habe auf dich gewartet", sagte sie, „viele Jahre. Warum kommst du erst jetzt? – Nun gut. Wir haben keine Zeit zu verlieren." Und sie nahm die junge Frau beim Arm und führte sie ins Innere der Höhle. Die Wände funkelten über und über voll besetzt mit Kristallen, Wasser tropfte leise und durch eine Öffnung in der Decke der Höhle fiel ein sanfter Lichtschein ins Innere.

Die beiden Frauen nahmen auf dem Boden rund um die Feuerstelle Platz. „Das ist mein Reich, ein Reich jenseits der Zeit und des Raums. Mein Wissen ist mächtig und folgt dem Fluss des Lebens. Kein Magier darf es je in seine Hände bekommen, denn es ist ebenso zerstörerisch wie heilsam. Hüte es wie einen Schatz, Aratra, denn das Wissen ist ewig." Die Alte blickte ernst und lange in die Augen ihrer jungen Gefährtin, die sich erst allmählich an die neue Situation gewöhnte. „Ich will deine Schülerin sein und das Wissen hüten", sprach sie und ihre rechte Hand bedeckte ihr Herz. Da atmete die Alte erleichtert auf, legte den Arm um die junge Frau und einen Atemzug später war sie mit ihr verschmolzen. Es gab kein Alt und kein Jung mehr, nur zeitloses Wissen und Tun, zum Heil der Welt und der Menschen. Und die Höhle im Wald öffnet noch immer ihre Pforten, wenn Frauen und Männer reif werden, ihren Weg zu gehen, den Weg ins Licht.

Reise zur Kristall-Pyramide: Der Schwan, der sein Strahlen nicht wahrnahm

Es war einmal ein Schwan, der dachte, ein hässliches Entlein zu sein. Tag für Tag zog er seine Kreise auf dem See und vermied es hartnäckig, sein Spiegelbild zu betrachten. Da erblickte er eines Tages einen anderen Schwan, so reinweiß und anmutig, dass ihm fast das Herz stehen blieb. „Ach wäre ich nur so schön wie dieser Vogel", dachte der Schwan bei sich, „ich flöge über die ganze Welt und würde stolz mein Gefieder spreizen."

Da kam der andere Schwan auf ihn zu und ihm stockte förmlich der Atem. „Du schöner Schwan", sprach der fremde Vogel, „darf ich dich ein Stück des Weges begleiten? Ich bin so einsam und ich wünsche mir nichts sehnlicher, als dass dein Glanz auf mich übergehen möge." Da hob der Schwan erstaunt den Kopf und konnte kaum glauben, was er hörte.

„Mein Glanz? Aber es ist doch dein Glanz, der weit über den See mir entgegengestrahlt hat." – „Du kannst nur sehen, was du selbst in dir trägst", entgegnete da der weiße Vogel. „Wenn du meinen Glanz wahrnimmst, dann ist es der Glanz in dir, der dir dazu verhilft. Siehe, mich schickt der Himmel, um dir das klar zu machen: Du trägst den Glanz Gottes in dir, die Flamme, die ewig brennt. Hüte sie und lasse sie nie verlöschen. Denn sie verbindet dich mit allem, was lebt."

Da brach die Sonne durch die graue Nebelbank und ein Regenbogen spannte sich über den See, so farbenprächtig und strahlend, wie ihn noch kein Auge gesehen hatte. Und der Schwan neigte demütig sein Haupt und sah zum ersten Mal sein Spiegelbild auf der glatten Oberfläche des Sees. Und er traute seinen Augen kaum, als er den Glanz wahrnahm, der von ihm ausging. Eine Welle von Liebe durchflutete sein Herz und langsam hob er den Kopf, um seinem Botschafter zu danken. Doch der war bereits unterwegs, einem anderen Schwan das Licht in sich bewusst zu machen.

Reise zum Flieder: Die neue Zeit bricht an

Der Hang lag verschneit im Sonnenlicht und glitzerte. Nur in den Schattenrissen am Waldesrand herrschte Bewegung. Die Tiere huschten aufgeregt hin und her, die Elfen legten ihre schönsten Kleider an und Frieden breitete sich aus. In einem Moment, in dem die Welt den Atem anhielt, ging ein Rauschen durch die Lüfte und die Baumwipfel. Der Herr der Elfen stieg hernieder. „Kinder der Sonne", ergriff er das Wort, „der Tag ist angebrochen, an dem ihr die Freude ins Land tragen sollt. Denn der Friede ist nicht mehr weit. Er wird Einzug halten in alle Herzen, die von Liebe erfüllt sind, sodass die Sonne ewig scheinen und die Welt einem neuen Zeitalter entgegengehen kann."

Im Elfenreich hob ein Gemurmel an und ein Flirren von tausend Flügelschlägen lag in der Luft. Aufgeregt zogen die kleinen Wesen in die Nachbarschaft und wie ein Lauffeuer verbreitete sich die Kunde von der neuen Zeit.

„Seid willkommen, ihr Boten des Lichts", sprachen die Menschen, die sehend waren und schlossen die kleinen Wesen in ihre Herzen. Doch die anderen jagten sie fort mit einer Handbewegung wie lästige Insekten und wurden des Wunders nicht gewahr. Da senkte sich Trauer übers Elfenland ob dieser Blindheit und der Rat der Wesen tagte, um zu klären, was zu tun sei.

„Schickt Licht ins Land! Mit tausenden Laternen wollen wir die Herzen der Menschen erhellen", sprach eine der Elfen. Und die Glühwürmchen und anderen

Lichtspender schwärmten aus, um die Nacht zu erhellen. Doch auch sie kehrten traurig zurück.

Da kam ein kleines Mädchen zum Waldesrand, unschuldig und licht in seinem ganzen Wesen, und sah das Elfenvolk auf seiner Wiese tagen. „Warum weint ihr?", fragte es, als es die Trauer wahrnahm in den Elfenherzen. „Weil die Menschen das Licht nicht erkennen", antwortete die Weiseste von ihnen. „Wie sollen sie erkennen, was sie nicht in sich tragen?", fragte das Mädchen. „Licht kann nur von innen strahlen und die frohe Botschaft kann nur in die Welt getragen werden, wenn sie einen Boden findet, um darauf zu wachsen und zu gedeihen. Schickt mich in die Welt. Ich will die Herzen der Menschen öffnen und Liebe in sie pflanzen, um das Licht wieder zum Leuchten zu bringen, das erloschen war für so lange Zeit."

Und das Mädchen zog in die Welt und wer es sah, lächelte still und öffnete sein Herz, denn man konnte gar nicht anders, als es lieben. Die kleine Botin des Lichts zog viele Jahre lang durch die Lande und als der nächste Winter kam, hatte sich der Frieden über die Welt gesenkt. Die Nacht hielt den Atem an und ein neuer Tag begann, ein Morgen voll Leuchten und Strahlen. Und die Elfenschar tanzte singend durch den Hain und jubelte: „Die neue Zeit bricht an!"